시나몬 스틱

시나몬 스틱

고은주 소설

문이당

작가의 말

낭만적인 드라마는 흔히 주인공들의 결혼으로 이야기가 끝난다. 하지만 '진짜 어른들'은 알고 있다, 결혼 이후에도 치열한 이야기는 계속된다는 것을. 어쩌면 그때부터 '진짜 인생'의 이야기가 시작될 수도 있다는 것을.

인간의 욕망을 변질시키는 결혼 제도에 대해 역설적인 질문을 던졌던 나의 첫 소설집 『칵테일 슈가』의 주제는 그래서 이번 두 번째 소설집 『시나몬 스틱』에서도 유효하다. 표리부동한 삶을 받아들여야만 어른 대접을 받는 우리 사회에 대한 쓸쓸한 연민 또한 여전하다. 이번 소설집을 통해 '부부'라는 가깝고도 먼 관계에 한층 더 깊이 천착해 들어가면서 내가 거듭 마주친 것은 인간에 대한 슬픔이었다.

시나몬 스틱의 우아한 향기로 행복을 위장하는 쇼윈도 부부, 미련없이 떠나버린 아내의 흔적을 더듬으며 기괴하게 몸부림치는 남편, 간 이식과 난자 채취로 육체가 분열

되고 삶이 해체되는 부부, 배우자로부터 얻은 우울한 초상을 대물림하는 모녀, 갈구하고 도망치며 도달한 현재에서 남편으로부터 소외되는 아내.

기만과 냉소로 아슬아슬하게 관계를 지탱해가는, 혹은 삶을 지탱해가는 사람들의 이야기들을 여기에 펼쳐놓는다. 우리 삶을 지배하는 절대적 관계인 부부 중심의 가족을 냉정히 해부해 보였으니 독자들은 이제 사랑과 결혼의 증강 현실을 경험하기만 하면 될 것이다.

단편을 발표할 때마다 문예지 월평을 통해 '고수의 솜씨'와 '격에 맞는 속도감'을 칭찬해주셨던 평론가 김윤식 선생님께 감사드린다. 「시나몬 스틱」에는 '된장이나 생선 냄새 가득한 소설판에서 계피향은 얼마나 신선한가?'라는 평을 주셨고, 「마스카라」의 결말은 '이상의 「날개」의 결말 모양 신선'하다고 하였으며, 「이식」은 '섬세성을 물리친 여성의 당당한 육성'으로 쓰여졌다고 평하셨다.

그러한 격려가 아니었다면, 짧은 기간 내에 발표한 소설들을 묶어 패스트푸드처럼 소비하는 시대에 이토록 우직한 방법으로 소설을 발표하고 뜸을 들여 묶어낼 엄두를 내지 못했을 것이다. 목록에 몇몇 작품을 더하기도 하고 빼기도 하면서, 작품 곳곳을 수정하며 목록의 순서를 바꾸고 제목을 고쳐보기도 하면서, 이 소설들이 과연 세월을 견뎌낼 수 있을지 기다리며 조급함을 밀어낸 것은 오래 지켜보고 믿어주신 많은 분들 덕분이다.

네 권의 장편소설을 낸 후 첫 소설집을 묶었고, 다시 세 권의 장편소설을 낸 후 두 번째 소설집을 묶는다. 장편소설을 쓰는 사이사이에 소설이란 과연 무엇인지 새삼 궁금해졌을 때, 소설로부터 위로 받고 싶어졌을 때, 한 줄 한 줄 써나갔던 단편들이다.

내가 어떤 시간을 통과하며 이 소설들을 완성했는지 당

신이 알 수 없듯, 당신이 어떤 세월을 거쳐 이 소설을 펼쳐들게 되었는지 나는 알 수 없다. 그래서 아마도 오독과 오판이 생겨나기도 하겠지만……. 문학이 무용해졌다는 세상의 소음과는 무관하게 나는 계속 천천히 읽고 묵묵히 쓰려고 한다, 지금까지 그래왔던 것처럼.

그럼에도 불구하고 견디는, 함께 살아가면서 버티는, 모든 이들에게 이 소설집을 바친다.

2018년 여름

고 은 주

차례

시나몬 스틱

쪽지가 도착한 것은 시나몬 스틱을 휘젓고 있던 때였다. 처음 컴퓨터 앞에 앉았을 때에는 쪽지 알림창의 숫자가 0이었는데 잠시 부엌에 갔다 오니 숫자가 1로 바뀌어 있었다. 카푸치노를 마시려는 순간 계피향이 느껴지지 않는 걸 깨닫고 다시 부엌에 다녀온 터였다.

'이 쪽지를 받는 분이 김미연 씨가 확실하다면 답장 부탁드립니다. 알려드릴 얘기가 있습니다.'

쪽지를 열면서 카푸치노 한 모금을 다시 마셔보았다. 여전히 계피향이 느껴지지 않았다. 시나몬 스틱을 대여섯 번이나 휘저었는데도 불구하고.

'제가 이렇게 쪽지를 보내는 것은 김미연 씨가 섣불리 간통죄 등으로 일을 복잡하게 만들 사람이 아니라고 믿기 때문입니다. 자세한 얘기는 차차 하겠으니 일단 본인 확인

을 부탁드립니다.'

이제는 업데이트도 제대로 하지 않는 미니 홈피에 딸려 있는 쪽이었다. 요즘 내가 애용하는 블로그에는 가족 얘기를 쓰지 않지만 미니 홈피에는 가족사진을 제법 올려두고 있었다. 그 사진들 속의 내 모습이 아마도 신중하거나 소극적으로 보인 모양이었다.

답장 버튼을 누르자 내용 입력 창이 확 펼쳐졌다. 마치 판도라의 상자를 열기라도 한 듯 나는 흠칫했다. 그 순간, 컴퓨터 키보드의 Y 자판과 U 자판 사이에 끼어 있는 작은 먼지 덩어리가 눈에 들어왔다.

훅, 하고 힘 주어 입김을 불어보았지만 먼지 덩어리는 Y 자판 속으로 더 깊이 들어가버렸다. 나는 신경질적으로 Y 자판을 뜯어냈다. 그 과정에서 작은 먼지 덩어리는 어디론가 사라져버렸다.

키보드 곳곳을 살펴보던 나는 이내 포기하고 카푸치노를 마시기 시작했다. 계피향은 여전히 느껴지지 않았다. 에스프레소와 우유의 냄새는 느껴지니 코가 막힌 것도 아니었다. 나는 한동안 코를 킁킁거리다가 자리에서 일어나 부엌으로 향했다.

시나몬 스틱이 들어 있는 유리병을 열자 계피향이 흐릿

하게 풍겨나왔다. 뚜껑을 열 때마다 한꺼번에 밀려나오던 강렬한 계피향을 꽤 좋아했었는데……. 아마도 오랫 동안 유리병 뚜껑이 열려 있었던 모양이다. 그러고 보니 카푸치노를 만들어 먹은 지도 꽤 오래된 것 같았다.

하나씩 비닐봉지에 싸여 있는 시나몬 스틱을 굳이 다 꺼내어 한꺼번에 유리병에 담은 것은 인테리어 효과를 위해서였다. 그러니 향기 따위야 어떻든 상관없었다. 나는 다시 얌전히 유리병의 뚜껑을 닫았다.

뚜껑을 닫고 나니 답장을 쓸 마음이 생겨났다. Y 자판과 U 자판 사이에 끼어 있던 작은 먼지 덩어리의 행방은 여전히 궁금했지만 나는 마음을 다잡고 키보드를 끌어당겼다.

'저는 김미연입니다. 모든 것을 정확히 말해주세요. 어떤 얘기도 들을 준비가 되어 있습니다.'

쪽지를 보내고 카푸치노를 다 마시고 난 뒤, 청소를 시작했다.

20시간밖에 지나지 않았는데도 먼지는 곳곳에 내려 앉아 있었다. 20시간 전에 했던 것과 똑같은 순서로 나는 다시 청소를 했다. 진공청소기에 먼지 제거용 말총 브러시를 끼우고 집안의 장식품들을 쓸어내리는 일에 특히 공을 들이는 것도 똑같았다. 좁은 노즐을 이용해서 틈새의 먼지를 제거하는 일로 청소를 마무리한 것까지도.

타인의 집을 방문할 때, 나는 늘 먼지를 살펴본다. 아무리 인테리어가 잘 된 집이라도 먼지가 눈에 띄면 세련된 장식 따위 눈에 들어오지 않는다. 먼지는, 시간의 흔적이다. 아무 것도 닿지 않은 시간의 흔적.

나의 남편은, 먼지에 신경을 쓰지 않는 사람이다. 당연히 청소 같은 건 하지 않고도 살 수 있다. 그동안 누군가가 대신 치워줬기 때문이기도 하겠지만, 그는 먼지가 굴러다니는 환경에서 태연하게 지낼 수 있는 인간형이기도 하다.

물론, 먼지가 굴러다니는 곳에 그가 있는 모습을 내가 직접 목격한 적은 없다. 무엇보다도 내가 그런 환경을 참지 못한다. 하지만 정말 그런 곳에 있게 된다면, 그는 분명 태연하게 지낼 것이다. 결혼한 지 9년. 그 정도쯤은 남편에 대해 짐작할 수 있다.

본체의 뚜껑을 열고 커다란 비닐봉지를 씌운 뒤 청소기를 뒤집었다. 필터를 통해 걸러진 먼지들이 비닐봉지 속으로 쏟아져 들어가는 동안, 어김없이 미세 먼지가 눈앞을 떠다녔다.

나는 비닐봉지를 단단히 묶고 나서 그 주변에 다시 청소기를 돌렸다. Y 자판과 U 자판 사이에 끼어 있던 작은 먼지 덩어리는 무사히 비닐봉지 속으로 들어갔으리라 확신하면서.

말하자면 그 아이는, 남편 애인의 옛 애인이었다. 그러니까 우리는, 참으로 통속적이고 심란한 관계였다.

'답장 주셔서 감사합니다. 제가 예상했던 대로 차분하고 친절한 분이군요. 저는 김미연 씨 남편이 현재 만나고 있는 여성의 친구입니다.'

쪽지의 도입부는 진부했다. 지금은 그 여성의 친구이지만 얼마 전까지는 연인 관계였고 남편 때문에 사이가 멀어졌다는 설명 또한 진부했다. 그 여성이 남편보다 무려 열네 살이나 어리다는 얘기는 진부함의 절정이었다. 그런 진부한 내용들로 쪽지 한 통을 다 쓴 뒤 그 아이는 당돌한 질문들로 새로운 쪽지를 채웠다.

'저는 단지 몇 가지 사실을 확인하고 싶을 뿐입니다. 우선, 당신의 남편이 제 친구와 깊은 관계라는 것을 이미 알고 계셨습니까? 그리고 김미연 씨 부부가 이름만 부부일 뿐 사실상 남남처럼 살고 있다는데, 사실입니까? 금전 관

계가 얽혀서 현재 헤어지지 못할 뿐 2년 안에는 다 마무리 짓고 이혼한다는 것도 사실입니까?'

풋, 웃음이 나왔다. 묘하게 흥미롭기도 했다. 슬쩍 미소까지 지은 채 나는 키보드를 두드리기 시작했다.

'저는 남편으로부터 당신의 친구에 대해 들은 바가 없습니다. 이것이 첫 번째 질문에 대한 답입니다. 부부는 원래 남남입니다. 이것은 두 번째 질문에 대한 답입니다. 세 번째 질문은, 금전 관계가 무엇을 말하는지 몰라서 답할 수가 없군요. 부부는 경제적 공동체이기 때문에 어떤 부분에서든 금전적으로 얽혀 있을 수밖에 없습니다. 그런데, 이름만 부부일 뿐이라서 곧 헤어질 거라는 말은, 젊은 여성을 농락하는 유부남들의 공통적인 변명이 아니던가요? 그들이 약속하는 기간 또한 대개 2년이라고 하더군요.'

답장을 하지 않는 게 나았을까? 홀린 듯 단숨에 길게 써내려간 내 답장에 그 아이는 이렇게 짧은 쪽지를 보내왔다.

'그렇다면 부부란 과연 무엇일까요?'

거기서 멈추었어야 했다. 하지만 이상하게도 맹렬한 추진력이 나를 떠미는 것 같았다. 나는 의아해 하면서도 답장 버튼을 눌렀다.

'그 여성과 친구라니 아마도 나이가 비슷하겠군요. 부부란 과연 무엇인지 말해주어도 이해하기 힘든 나이입니다.'

이번엔 내가 짧게 썼고 그 아이가 긴 답장을 보내왔다.

'그래요. 당신들보다는 우리가 어립니다. 그래서 당신 남편은 제 친구를 농락하고, 당신은 저를 놀리는군요. 당신들 때문에 결혼이라는 제도 자체를 혐오하게 될까 봐 두렵습니다. 부부란 과연 무엇인지 말씀해주세요. 그것을 이해하고 말고는 그 다음 문제입니다. 우선, 당신이 생각하는 결혼이란 무엇인지 알고 싶습니다.'

그쯤에서 나의 실수를 인정할 수밖에 없었다. 그러면서 어이없게도, 이 순진한 아이에게 무언가를 가르쳐주고 싶다는 생각이 들기 시작했다. 참으로 통속적이고 심란한 욕망이었다.

만날 날짜와 시간, 그리고 약속 장소를 쓴 쪽지를 보내 놓고 돌아서자 생선 굽는 냄새가 났다. 어디선가 꽁치를 굽는 것 같았다. 아래층인지 위층인지는 확실하지 않다. 냄새는 아파트 전체를 휘감을 듯 진하게 풍겨오고 있었다.

주말마다 커피 원두를 볶는 그 집은 아니었으면 싶었다. 꽁치를 굽고 커피도 볶으면서 살아가는 사람들이 존재한다는 것이 왠지 싫었다. 꽁치만 굽거나 커피만 볶으면서 살아야 공평한 것이 아닐까? 그날따라 나는 그렇게 억지를 부리고 싶었다.

그날 밤, 윗집에서 들려오는 교성은 유난히도 심했다. 안방 욕실을 통해서 들려오는 그 교성은 윗집에 사는 부부가 내는 소리임에 분명했다. 엘리베이터에서도 손을 꼭 잡고 있던 부부였다.

"의외의 반전이 있겠지?"

내 옆에 누워 잠을 청하고 있던 남편은 아무 대답도 하지 않았다. 다시 묻거나 대답을 기다리는 게 싫어서 나는 서둘러 덧붙였다.

"저 교성이 가짜라든가, 두 사람이 부부가 아니라든가……."

교과서적인 행복을 누리는 사람들이 존재한다는 사실을 인정하고 싶지 않은 날이었다.

"이 아파트도 그렇잖아. 조용하다고 유별나게 광고를 해대더니 막상 입주해보니까 층간 소음이 장난 아니잖아."

이미지와 실체가 일치하는 경우가 세상에 존재한다는

것을 받아들이기 힘든 날이었다. 나의 투정과 윗집의 교성을 무심히 듣고만 있던 남편은 이윽고 낮은 목소리로 말했다.

"저 소리가 신경쓰이면 욕실 문을 닫아."

"쇼윈도 부부군요."

"맞아. 디스플레이 커플이라고도 하더군."

"위장 부부라는 표현도 있던데요."

"그건 좀 심한 표현이네."

그 아이와 마주 앉자 반말이 절로 나왔다. 예상했던 대로 나보다 한참 어리기 때문이기도 했지만, 결혼의 순결에 집착하는 모습이 그대로 드러나 보이는 순진한 얼굴을 하고 있었기 때문이기도 했다.

"하지만 쇼윈도 부부만 그렇게 가식적일까? 누구나 어느 정도는 자신을 포장하면서 사는 게 아니겠어? 결혼 생활은 인생과 다를 바 없다고 봐."

"그만큼 남들의 삶에 관심이 많고 뭐든 비교하면서 살기 때문이겠죠. 그 친구만 해도 김미연 씨의 홈피를 매일 드나들면서 관심을 가졌어요. 내가 이 여자보다 못한 게 어떤 부분인 것 같냐면서 저한테 사진을 보여주기도 했었죠."

"내 남편 홈피를 통해 찾아온 모양이군. 그런데도 순진하게 거기에 있는 이미지들을 믿었다니……. 남편과 연결된 홈피에 누가 솔직한 글과 사진을 올리겠어?"

"그러게 말이에요. 저도 그런 얘길 수차례 했어요. 저건 모두 다 설정이다, 이상한 경쟁심 갖지 말고 그 남자랑 빨리 정리해라. 그랬더니 저를 정리해버리더군요."

의외로 말이 잘 통하는 아이였다. 물기가 어린 듯 반짝이는 눈이 특히 인상적이었다. 과거를 회상할 때면 그 반짝임이 더해졌다. 그러다가 도저히 포기 못하겠다는 듯한 표정으로 질문을 할 때면 순간적으로 빛이 뿜어져 나오는 것도 같았다.

"결혼은 그런 게 아니잖아요? 어떻게 그렇게 살 수가 있는 거죠?"

대화가 잘 진행된다 싶다가도 그런 질문으로 어느새 다시 원점으로 돌아가는 것이 나는 답답하면서도 흥미로웠다.

"결혼이 어떤 건데? 어디 책 같은 데 정답이 적혀 있어?"

몸을 뒤로 젖히고 팔짱까지 낀 자세로 나는 느긋하게

되물었다. 그 아이가 순간적으로 아무 말도 못하는 것이 재미있어서 거듭 질문을 던졌다.

"결혼 전에도 후에도 순결해야만 하는 건가? 그게 가장 이상적인 거야? 때를 묻히면 그냥 폐기 처분해버려야만 하나?"

그 아이는 여전히 아무 말도 못하고 약오른 듯한 표정만 짓고 있었다.

"소설이나 드라마가 문제야. 결혼에 대한 환상을 너무 많이 심어주거든. 삶에 대한 환상 또한 마찬가지지. 그렇게 완벽하게 깨끗하고 아름다운 모습은 실제로 거의 존재하지 않는데……. 인생이 뭐 그렇게 대단한 줄 알아?"

비아냥거릴수록 재미있어서 나는 슬며시 미소까지 지었다. 그러자 이윽고 그 아이가 말했다.

"인생이 그렇게 대단한 게 아니라는 말이군요. 결혼 생활이 그렇게 아무 것도 아니라는 말이군요."

중얼거리듯 말하던 그 아이는 뒤통수를 치듯이 덧붙여 내게 물었다.

"그렇다면 나랑 잘 수 있어요? 대단하지 않은 인생, 아무 것도 아닌 결혼 생활이라면."

우리는 같이 잔 지 오래되었다.

남편과 나, 우리는 늘 함께 같은 침대에서 잠이 들지만 같이 잔 지는 오래되었다. 얼마나 오래되었는지 기억이 나지 않을 정도로.

이제 와서 새삼스레 같이 잔다 해도 나는 아무 것도 제대로 느끼지 못할 것이다. 나의 감각이 무디어진 것 또한 기억나지 않을 정도로 오래되었다.

처음엔 후각부터 무디어졌다. 지독한 코감기로 고생하면서 아무런 냄새도 맡지 못하는 상황을 겪으면서 부터였다. 마침 부부 동반으로 집들이에 초대 받아 갔었는데 한 상 가득 차린 음식을 칭찬하려다 보니 연기를 할 수밖에 없었다. 후각이 마비되면 음식의 맛도 잘 느껴지지 않기 때문이었다.

그날, 사람들은 내 후각에 문제가 생긴 것을 알지 못했다. 나는 그게 재미있어서 코감기가 떨어질 때까지 냄새를 제대로 잘 맡는 척하고 다녔다. 그러다가 감기가 낫고 후각이 돌아온 뒤에도 나는 여전히 연기를 하고 다녔다. 아니, 지금까지 내가 습관적으로 연기를 하고 있었음을 깨달았다. 지금까지 내가 칭찬해온 음식들은 냄새와 맛이 제대로 느껴져도 실제로는 그다지 맛있지 않았다.

후각과 미각에 대해 그런 깨달음을 얻고 나니 다른 감각도 마찬가지였다. 청각도 시각도 촉각도 그동안 내게는 모두 습관적으로 작용하고 있었던 것이다. 음악이 참 좋군요. 정말 멋진 풍경이에요. 손이 참 부드럽구나. 습관적으로 감탄하기는 했으나 나는 진정으로 좋은 것을, 멋진 것을, 부드러운 것을 느끼지 못하고 있었다.

언제부터 그렇게 되었는지는 알 수 없었다. 진정으로 감탄해서 감탄사를 내뱉었던 적이 언제였는지 그저 아득하기만 했다. 이제 와서 남편과 같이 잔다고 한들 그 아득함으로 무엇을 느낄 수 있을 것인지…….

"여기가 어디에요?"
그 아이는 당황하고 있었다.
"보면 모르겠어? 우리 집이야."
현관문의 비밀번호를 누르면서 나는 즐거웠다.
"이럴 것까지는 없잖아요."
당황하는 그 모습을 바라보는 느낌은 정확히 즐거움이었다. 재미있고, 흥미로운…….
"뭐가? 이만큼 깨끗하고 안전한 장소는 없어."
나는 그 아이의 등을 떠밀며 집안으로 들어섰다.

"아무리 비싼 호텔이라도 우리 집보다는 먼지가 많을 거야. 수건이나 침대 시트의 위생 상태는 말할 것도 없지."

부엌으로 가서 카푸치노를 만들면서 나는 다소 큰 소리로 말을 이어갔다.

"게다가 호텔은 웬만한 방음 장치로는 차단하기 힘든 소리들이 들려오잖아. 그 낯 뜨거운 소리를 의식하는 것도, 어쩔 수 없이 비교하게 되는 것도, 나는 싫어. 여긴 밤에만 간혹 교성이 들릴 뿐이야."

"그건 뭐예요? 담배도 아니고……."

집안 곳곳을 둘러보던 그 아이가 어느새 내곁으로 다가와서 물었다.

"아, 이건 계피 막대야. 계피향을 내고 싶을 때 가루를 넣으면 아무래도 맛이 텁텁해지잖아. 그래서 이렇게 계피를 작게 말아 만든 막대를 그대로 넣고 휘저은 다음에 건져내는 거야."

시나몬 스틱을 담은 유리병의 뚜껑을 열던 나는 친절하게 설명을 해주었다.

"이렇게 우아한 포즈로 말이지."

두 잔의 카푸치노를 식탁 위에 올려놓고 시나몬 스틱 하나를 꺼내어 천천히 휘젓는 동안, 그 아이는 뚫어져라

내 모습을 바라보았다.

"하지만 너무 기대하지 마. 이건 향이 다 날아가버렸거든. 유리병 뚜껑을 제대로 닫지 않고 방치하는 바람에……."

"그런데 왜 그걸 계속 쓰는 거죠?"

"그냥 스틱으로 쓰는 거야. 에스프레소와 우유 거품이 골고루 섞이도록……. 향이 날아가버려도 이렇게 쓸모는 있어. 폼 잡고 휘저으면 멋있기도 하잖아? 커피라는 게 꼭 맛으로만 먹는 게 아니니까."

"이 결혼처럼요? 향기가 날아가버렸지만 겉으로는 멀쩡한……. 이 결혼도 처음엔 향기로웠겠죠? 사랑해서 결혼했나요? 아니면, 중매?"

아득한 기억이었다. 커피잔 속에서 건져낸 시나몬 스틱을 내밀며 나는 대답 대신 말했다.

"그래도 잘 맡아봐. 계피향 비슷한 게 느껴질지도 몰라."

하지만 그 아이는 가까이 다가오지 않았다. 혐오스러운 듯한 표정으로 시나몬 스틱을 바라보기만 했을 뿐.

"어쨌든 중요한 건, 향기가 사라져도 모양은 그럴 듯하다는 거야."

서둘러 말하면서 나는 시나몬 스틱에 코를 대보았다. 흐릿한 계피향이 느껴지는 것도 같았다. 설렘도 희망도 없는, 몸에 배어버린 습관처럼.

"하지만 본질이 사라진 것이 무슨 의미가 있을까요?"

"본질? 그건 누가 정하지? 시나몬 스틱의 본질이 냄새라고 누가 그랬어? 어떤 사람은 커피 속에 녹아든 미묘한 계피 맛을 더 좋아할 수도 있어. 우아하게 스틱을 휘젓는 과정을 더 좋아하는 사람도 있을 테고……."

"솔직히 고백하세요. 이렇게 좋은 집에서 멋 부리고 살고 싶어서, 사람들에게 멀쩡하게 보이고 싶어서, 알면서도 눈 감아준 거죠?"

시나몬 스틱을 손에 쥔 채 나는 그 아이의 눈을 똑바로 바라보았다.

"이렇게 살다가 식당이나 마트 같은 데서 일하기도 싫을 테고, 이혼녀라고 무시 당하면서 살기도 싫을 테고……. 삶에 대해 너무 비겁한 거 아니에요?"

다시 원점이었다. 하지만 나는 여전히 답답하면서도 흥미로웠다.

"빙고! 나이도 어린데 어찌 그리 잘 알아? 맞아. 돈 잘 버는 남편, 남 주기 아까워. 그러니까 그 친구도 내 남편

을 욕심내잖아. 게다가 나한테는 아이가 있고 그 친구에게
는 사랑이나 희망 같은 게 있겠지. 지나온 시간들이 아까
워서라도 헤어지기 힘들어. 하지만 과연 그게 다일까? 살
면서 만나게 되는 수많은 일들이 한두 가지 이유만으로 설
명될 수 있다고 생각해? 그러니까 어리다는 거야. 인생을
좀 더 살아봐야 한다는 거야."

나는 또박또박 말했고 그 아이는 발끈하며 자리에서 일
어섰다. 내게로 달려드는 그 아이는 싸울 듯한 기세였다.
시나몬 스틱이 바닥으로 떨어졌고, 어디론가 굴러갔다.

"어때요? 이래도 내가 어린가요?"

곧바로 돌진해 들어오면서 그 아이는 물었다. 거친 흔
들림에 몸을 맡기면서 나는 가까스로 웃음을 참았다.

"어때요? 대체 내가 당신 남편보다 못한 게 뭔가요?"

그 질문에는 더 이상 웃음이 나지 않았다. 더욱 거칠게
흔들리면서, 나는 차분하게 말했다.

"비교하지 마. 비극은 거기서부터 시작되는 거야."

"내가 훨씬 더 못하나 보군요."

"그런 얘기가 아니야. 남편이 어떤 식으로 했었는지 난
이제 기억도 나지 않아."

"그게 가능해요?"

"가능하지. 행동은 기억해도 느낌은 떠오르지 않아. 살다보면 그렇게 돼. 살아봐. 그럼 내 말을 이해하게 될 거야."

"또 그런 소리……."

"자, 이제 집중하자. 난 지금 내 느낌에만 집중하고 싶어."

내 몸의 모든 감각이 살아나길 기대하면서 눈을 감았다. 그러나 딱딱한 식탁의 질감만이 등과 엉덩이로 느껴질 뿐이었다. 그리고 식탁이 두 사람의 체중을 감당하며 삐걱거리는 소리만이…….

안간힘을 쓰다가 실눈을 떴을 때, 하필이면 시나몬 스틱이 눈에 들어왔다. 거실로 향하는 길목에 놓여진 장식장 아래쪽이었다. 커피에 젖은 부분이 짙은 갈색으로 변했기에 거기 묻은 회색 먼지는 더욱 두드러져 보였다.

저 장식장 아래쪽에 원래 먼지가 많았던 것일까? 청소기의 사각 지대를 발견한 나는 얼굴을 찡그렸다. 그 순간, 내 몸 위로 무너지듯 그 아이가 체중을 실어왔다.

결국 나는 아무것도 느끼지 못했다. 그 사실을 깨닫자 헛웃음이 나왔다. 참으려고 했지만 웃음은 오히려 명랑하게 터져나오고 말았다. 웬일인지 그 아이도 덩달아 웃음을 터뜨렸다. 식탁 위에 그대로 뒤엉킨 채로, 우리는 한동안 웃음을 그치지 못했다.

먼지는 컴퓨터 모니터나 키보드에만 쌓이는 게 아니었다. 본체 안쪽 깊숙한 곳, 하드디스크 속의 후미진 폴더 안에도 대담하게 뭉쳐진 먼지 덩어리가 있었다.

나는 우선 삭제 버튼을 눌렀고, 휴지통 폴더로 들어가서 비우기 버튼을 눌렀다. 온갖 형태의 성행위가 나열된 동영상들로 채워진 폴더 전체를 비우고 싶었지만, 그 중 단 하나만을 영구 삭제했다. 남편의 취미 생활은 존중해줘야 했기에.

하지만 남편이 직접 주인공으로 등장하는 동영상은 지울 수밖에 없었다. 명색이 아내인데 그런 것까지 존중해줄 수는 없었다. 그도 명색이 남편인데 그런 것까지는 집안의 컴퓨터 속에 넣어두지 않았으면 좋았을 텐데.

삭제한 동영상은 좀처럼 뇌리에서 사라지지 않았다. 애초에 남편의 취향을 하나 하나 확인해본 것이 잘못이었다. 후미진 폴더의 정체를 알아차렸을 때, 그냥 닫았어야 했는데……. 잠시 머뭇거리다가 기어이 파일을 하나씩 열어보게 된 것이 남편에 대한 관심 때문이었는지 동영상에 대한 관심 때문이었는지 알 수 없는 일이다.

뇌리에 똬리를 튼 동영상은 무한 반복되며 한동안 나를 괴롭혔다. 분노라든가 질투가 느껴지는 것은 아니었다. 나는 다만 궁금했다. 동영상 속의 그녀가 그 아이의 친구인지 아닌지.

그리고 나는 궁금했다. 동영상 속에서 열정적으로 움직이고 있는 남편은 그 모든 것을 제대로 느끼고 있는 것인지……. 정말 그렇다면 부러운 일이었다. 나에게서는 이미 사라져버린 정서와 감각이 남편에게는 아직까지 남아 있다면, 그것은 맹렬히 부러운 일일 수밖에 없었다. 물론 그도 역시 포즈만 즐기고 있는 것인지 모를 일이지만. 동영상은 그 포즈의 흔적에 불과한 것인지도 모르지만.

"윈도쇼핑을 즐기나 봐요. 쇼윈도 부부답네요."

"그래서 나는 아이쇼핑이라는 엉터리 영어를 더 좋아해."

쇼윈도는 끝없이 이어져 있었다. 남편의 거짓말도 끝없이 이어지고 있었다.

5박6일의 홍콩 출장. 그 기간 동안 그녀는 무엇을 하고 있는지 궁금했다. 하지만 그 아이는 알 수 없다고 했다.

이제는 연락조차 잘 되지 않는 친구라고 했다. 그런데도 왜 내게 시비를 걸어왔던 것일까? 그것으로 도대체 무엇을 얻으려고…….

"의협심 같은 거였다고 해두죠. 어떤 형태로든 세상에 불륜이 존재하는 꼴을 볼 수 없었어요."

"못 먹을 밥에 재나 뿌려보자는 심사는 아니었고?"

"재 뿌려도 소용이 없네요. 다들 그걸 그냥 먹고 있으니…….."

"난 이제 조금씩 신경이 쓰이는 것 같은데? 그 친구가 지금 뭘 하고 있는지 이렇게 궁금해하고 있잖아."

"그러면서도 계속 먹고 있잖아요. 아주 더러운 것만 살살 털어내고 끝까지 먹어보겠다는 생각이잖아요."

통화를 하는 내내 그 아이는 화를 내고 있었다. 하지만 다시 만나자는 나의 제안은 거절하지 않았다.

"만나자고 말은 했지만 정말 나올 줄은 몰랐어."

쇼윈도 예닐곱 개를 지나친 뒤, 나도 모르게 빈정거렸다. 눈앞의 쇼윈도를 바라보며 그 아이가 우뚝 멈춰 섰다.

"당신들의 삶이 이해가 될 때까지는 만날 거에요."

"나한테서 뭔가 해답을 얻으려고 하지 마. 이런 삶을 직접 살아보기 전에는 영원히 이해할 수 없을 거야. 살아봐야 안다니까."

그 아이는 한동안 말없이 쇼윈도 너머에 시선을 두더니 이윽고 내게 물었다.

"그럼, 당신은 왜 다시 날 만나자고 했나요?"

"마찬가지야. 널 이렇게 만나고 있는 이유 또한 네가 이렇게 살아보기 전에는 이해할 수 없어."

말해놓고 보니 만병통치약 같았다. 나이가 더 많다는 것, 그만큼 더 삶의 때를 묻혔다는 것은 상대방의 말을 무조건 막아버리기에 아주 적합한 처방이었다. 왜 이렇게 살고 있는지, 왜 다시 그 아이를 불러냈는지, 사실은 나도 알 수 없었지만……

잠시 나를 쏘아보던 그 아이는 다시 쇼윈도로 시선을 돌렸다. 그 시선을 따라가보니 갈색 크로스백 하나가 눈에 들어왔다. 나는 서둘러 매장 안으로 들어갔다.

"괜찮아요. 그냥 눈에 띄어서 쳐다봤을 뿐이에요."

계산을 끝내고 크로스백을 손에 쥐어줄 때까지 그 아이는 계속해서 손사래를 쳤다.

"날 위해서 받아줘. 쇼윈도 너머의 물건을 사고 싶어진 게 얼마 만인지 모르겠어. 정말이야. 쇼핑의 진짜 즐거움도 잊어버린 지 오래거든."

내가 정색을 하고 말하자 그 아이는 물끄러미 크로스백을 내려다보다 못 이기는 척 받아들었다. 그리고 내 시선을 피하며 말했다.

"우리 집으로 갈래요? 같이 사는 후배가 있지만 잠시 내보낼 수 있어요. 생각보다는 깨끗할 거에요."

그 방에 머물렀던 시간은 잔인했다.

원룸이라고 하지만 매우 좁고 열악한 시설의 그 방은 나의 자취방을 단숨에 떠올리게 했다. 대학 시절, 친구 둘과 함께 가난한 몸을 뉘였던 자취방……. 다시는 돌아가지 않으리라 다짐했던 그 산동네…….

쿨한 척 남편의 외도를 눈감아주고 있지만, 사실은 내가 무엇 때문에 모든 것을 참고 있는지 그 시절의 기억은 알고 있었다. 나는 다만 기억을 억눌러왔을 뿐이었다. 돌아가고 싶지 않았으므로. 애써 이루어낸 이 모든 것을 잃고 싶지 않았으므로.

그런데 나는 어느새 낯선 방에서 그 시절로 완벽하게 돌아가 먹먹해 하고 있었다. 나보다 열 살이나 어린 남자와 값비싼 크로스백을 담은 쇼핑백, 그리고 각자 벗어놓은 옷들이 어지럽게 뒤엉켜 있는 방 안에서.

그러나 되살아난 것은 기억만이 아니었다. 고통도, 그 고통을 느끼는 감각도, 고스란히 되살아났다. 좁은 방 안에서 나는 거짓말처럼 교성을 질러댔다. 그 순간만큼은 고통을 잊을 수 있었다.

"그 친구 사진, 보여줄까요?"

바닥에 어질러놓았던 옷들을 다시 챙겨 입는 동안, 어색한 침묵을 참지 못한 듯 그 아이가 말했다. 돌아보니 이미 책상 서랍 쪽으로 손을 뻗고 있었다.

"아니. 열지 마."

나는 다급하게 소리쳤다.

"내 궁금증을 풀어줄 목적이라면, 그 서랍 열지 않아도 돼. 네 과거를 돌아볼 목적이라면 더더욱 그러지 마. 그래봤자 소용없는 일이니까."

이어진 내 말에 그 아이는 얌전히 서랍에서 손길을 거두었다.

"지나간 시간을 돌아보는 건 무의미한 일이야. 물론 나도 가끔은 그런 바보 같은 짓을 하지만……."

나는 다독거리듯 천천히 말을 이어나갔다.

"그 친구에 대해서 한동안 궁금했었지만 이젠 아니야. 궁금해도 덮고 있어야 한다는 걸 나는 알아. 오래전부터 그래왔으니까."

　그리고 오래전…… 그날의 이야기를 나는 더듬더듬 해나가기 시작했다. 왜 그랬는지는 알 수 없는 일이다. 고통스럽지만 한번씩 되살려내던 그날의 기억을 다시금 환기해야 할 때가 되어서였는지, 단지 서랍을 열지 않게 하기 위해서였는지…….

　"비밀번호를 눌러도 현관문이 열리지 않았어. 집에 전화를 해도 받지 않고……. 결국 열쇠 수리공을 불렀지. 문을 열었더니 뜻밖에도 집 안에 남편이 있었어. 오래전, 아주 오래전 일이야."

　그때 현관에 놓여져 있던 베이지 색 하이힐을 아직도 잊을 수 없다. 최악의 상황으로 예상했던 일이 현실로 나타난 것이었다. 열쇠 수리공이 떠나자마자 나는 소리를 지르기 시작했다. 하지만 남편은 흥분한 나를 바라보며 중얼거리듯 작게 말했다. 그 말을 듣기 위해서 나는 소리 지르는 걸 멈출 수밖에 없었다.

　"지금 저 안방에는 아무도 없어. 그렇게 믿으면 현실이되고, 믿지 않으면 모든 게 끝장이야. 어때? 믿을 수 있겠지? 그렇다면 잠시 창밖을 바라봐. 이렇게 몸을 돌리고 말이지."

나는 안방 문을 노려보고 있었다. 남편은 내게로 다가와 거실 창문 쪽으로 내 몸을 돌려세웠다. 덜덜덜 온몸이 떨려왔다.

"놀라운 얘기군요."

"그때 안방 문을 열어야 했을까? 애초에 현관문을 열지 말아야 했을까? 지금도 나는 잘 모르겠어."

그날 거실 창밖으로 보았던 먼 하늘의 구름만이 또렷이 기억날 따름이다. 비현실적으로 아름다웠던, 손에 잡힐 듯 선명했던……. 그리고 안방 문을 여는 소리, 누군가 살며시 걸어가는 소리, 잠시 후 현관문이 닫히는 소리……. 등 뒤에서 서늘하게 들려오던…….

"호기롭게 현관문을 열었지만 안방 문은 차마 열 수가 없었어. 진실을 외면하고 싶었으니까. 나는 그렇게 판도라의 상자를 열었다가 곧바로 닫아버렸던 거야. 가장 중요한 것을 그 안에 넣어둔 채로"

"그걸 다시 연다면 어떻게 하겠어요? 아니, 다시 열린다면……."

어느새 뺨이 빨갛게 달아오른 채로 그 아이가 내게 물었다.

"글쎄……. 어쨌거나 이건 내가 처음으로 남에게 들려

36

주는 이야기야. 여태껏 누구에게도 발설하지 않았던 기억이지."

항상 물기 어린 듯 반짝이는 그 아이의 눈이 커지는가 싶더니 좀 더 축축해지는 것 같았다. 착각이었을까?

"그때 당신 집에서 마셨던 카푸치노 말이에요. 다 식어버린 후에 마셨는데도 계피향이 났어요. 계피 막대는 확실히 계피 가루와 다르더군요. 유리병의 뚜껑이 열렸다고 해서 설마 그 향이 다 날아가버렸겠어요? 맛있었어요, 카푸치노."

그 아이의 목소리에는 떨림이 실려 있었다. 그것도 착각이었을까?

Y 자판과 U 자판 사이에서 또다시 작은 먼지 덩어리가 보인다.

지난번에 보았던 그것일까? 아니면, 다시 생겨난 것일까? 아무튼 이번엔 섣불리 덤벼들지 말아야지.

틈새 전용 노즐을 청소기에 끼우는데 남편이 조용히 내 곁으로 다가온다.

"오랜만에 미니 홈피에 가봤더니 이상한 쪽지가 와 있더군. 한번 보겠어?"

"아니. 남의 쪽지를 왜 내가 봐? 이상하면 그냥 지워버려."

불길한 예감에 사로잡힌 채 나는 서둘러 키보드를 청소하고 부엌으로 향한다.

설마. 그럴 리는 없겠지.

"쪽지를 보내온 사람은, 의협심 강한 청년이야."

컴퓨터 앞에 앉는 것 같았던 남편이 어느새 부엌 쪽으로 다가오며 말한다. 나는 분주히 손을 놀려 에스프레소 커피를 뽑고 우유 거품을 만든다.

"그 청년은 당신에 대해 많은 걸 알고 있더군. 우리에 대해서도."

미처 예상하지 못했던 일이다. 그러나 통속적으로 예측은 충분히 가능한 일이었다.

"놀라운 건, 그렇게 많은 것을 알고 있으면서도 내게 아무런 요구도 하지 않았다는 거야. 난 그게 더 큰 함정이 아닐까 싶어."

카푸치노가 완성되었다. 나는 두 잔의 커피를 식탁 위에 올려놓고 시나몬 스틱을 컵에 담근 뒤 최대한 우아한 포즈로 휘젓기 시작한다. 언제나 포즈가 중요하다. 이런 상황에서는 더욱 더.

"함정 같은 건 없어. 우리를 아는 청년도 없어. 그렇게 믿으면 현실이 되고, 믿지 않으면 모든 게 끝장이야."

우아한 포즈에 어울리는 우아한 목소리를 지어내며 나는 말을 이어나간다.

"어때? 믿을 수 있겠지? 그렇다면 여기로 와."

남편은 여전히 부엌 입구에 우뚝 서 있다. 가능할까? 가능하리라 믿는다. 그도 삶에 욕심이 많은 사람이니까. 포즈를 중요하게 생각하는 사람이니까.

"그런 어수선한 쪽지는 지워버려. 컴퓨터의 구석진 폴더에 있는 그 어수선한 동영상은 내가 대신 지웠어."

그리고 나는 남편에게 우아한 삶을 권유하듯 커피를 내민다. 비로소, 그가 뚜벅뚜벅 식탁으로 다가온다.

"카푸치노는 오랜만이군."

"시나몬 스틱이 냄새가 달아나서 향취는 덜할 거야."

식탁에 앉은 그는 킁킁대며 카푸치노의 냄새를 맡아본다.

"덜한 게 아니라 형편없어. 오히려 아무 냄새도 안 나는 게 더 좋을 텐데……. 김빠진 그걸 왜 휘저었어?"

"그래도 겉보기엔 멀쩡하잖아."

"다 갖다 버려. 그까짓 거 새로 사면 되지 뭘 그렇게 미련을 두는 거야?"

남편의 태도가 너무 단호해서 나는 새삼 카푸치노의 냄새를 맡아본다. 미묘하게 비틀어졌으나 틀림없는 계피향이 느껴진다. 새삼 음미해본 맛 또한 나쁘진 않다. 하지만 나는 이제 나의 감각을 믿을 수 없다.

컵에서 건져 올린 시나몬 스틱까지 코에 갖다 대고 냄새를 맡아보는 동안, 남편은 어느새 카푸치노를 다 마시고 일어선다. 그리고 컴퓨터가 있는 방으로 성큼성큼 걸어간다.

이윽고 방문 닫히는 소리가 몸 전체로 느껴진다. 내가 함부로 열었던, 어떤 거대하고 위험한 상자가 닫히는 소리처럼.

그러나 상자는 또 언제 열릴지 모른다. 저 문 또한 언제 다시 벌컥 열릴지 알 수 없는 일이다. 나는 괜스레 방문을 노려보다가 두 눈을 질끈 감는다.

마스카라

"수명이 다했나 봐."

그녀가 말하는 순간, 나는 움직임을 멈춘다. 내 몸을 가득 채운 들숨이 나갈 곳을 찾지 못하고 있다. 그녀의 젖은 머리카락이 흡반처럼 내 코와 입에 달라붙기라도 한 듯.

"수명이 다했는지 사소한 고장인지 네가 어떻게 알아?"

가까스로 날숨을 내뱉으며 나는 짜증을 섞어 말했다. 그녀의 뒷머리에서 끼쳐오는 샴푸 냄새가 들숨에 섞여 내 몸으로 들어온다. 헤어드라이어를 손에 든 채 그녀가 거울 속에서 나를 빤히 바라보며 말한다.

"자기가 입버릇처럼 쓰는 말이잖아. 수명……."

산호색 목욕 가운은 그녀에게 다소 커 보인다. 뒷모습은 제법 어울려 보였는데 거울 속의 앞모습은 남의 옷을 빌려 입은 듯 어색하다. 그래, 남의 옷을 빌려 입은 게 사실이지. 내가 입버릇처럼 수명을 말했다는 것도 사실일 거야. 아내가 떠난 이후로 나는 늘 수명이라는 단어에 붙들려 있었으니까.

"비싼 화장품만 있네."

헤어드라이어를 화장대 위에 내려놓으며 그녀가 투덜대듯 말했다. 그녀의 어깨에 손을 얹자 다행히도 내 목소리는 녹녹해져서 흘러나온다.

"그래? 국산만 쓰는 것 같던데……."

"국산도 고급은 얼마나 비싼 줄 모르지?"

그녀의 목소리도 어느새 녹녹해져 있다. 그녀가 화장대 위의 물건들을 만지작거리는 동안 나는 그녀의 목덜미를 만지작거린다. 거울 속의 풍경은 익숙하고도 낯설다. 아내가 이 의자에 앉아 있을 때에도 나는 이렇게 뒤로 바짝 다가와 장난을 치곤 했었다. 하지만 그건 아주 오래전, 전설처럼 떠오르는 오래전 풍경일 뿐이다.

저게 그렇게 비싼 화장품들인지 나는 몰랐다. 화장품에 대해서 모르는 만큼 나는 아내에 대해서도 몰랐다. 우리의 관계가 수명이 다했다고 말한 건 아내였다. 이후로 나는 아내의 말을 흉내 내고 있었던 모양이다. 그런 나를 이제는 이 여자가 흉내 낸다. 수명이라는 단어가 전염성 병원

체처럼 내 주변을 떠돌고 있다.

"아무래도 여행을 간 게 아닌 것 같아. 가출? 실종?"

나는 대답 대신 그녀의 머리카락을 만진다. 수건으로 대충 닦아낸 머리카락은 그 끝마다 작은 물방울을 매달고 있다. 눈에 잘 보이진 않아도 만지는 순간 으깨지면서 확연히 그 존재를 드러내는 물방울.

"화장품을 보면 알 수 있거든. 뚜껑을 열어보니까 죄다 입구 쪽이 엉겨 있고 굳어있어. 이건 한두 달 집을 비운 게 아니란 증거지."

나는 그녀의 몸을 일으켜 세운다. 그녀는 순순히 내쪽으로 몸을 돌린다. 그녀를 화장대 위에 앉히는 순간 화장품 용기 몇 개가 쓰러지는 소리가 들린다. 소리와 동시에 다가오는 그녀의 냄새. 하지만 그것은 기대했던 그녀의 체취가 아니라 익숙한 향기였다. 샴푸와 컨디셔너와 바디클렌저가 혼합된, 아주 익숙한 냄새.

산호색 목욕 가운의 허리끈을 풀다가 나는 그만 헤어드라이어를 건드리고 말았다. 손을 뻗어 잡으려 했지만 옆에 있던 화장품만 덩달아 건드렸다. 화장대 끝에 놓여 있던 헤어드라이어는 요란한 소리를 내면서 방바닥으로 자리를 옮긴다. 뚜껑이 열려 있던 화장품이 정확하게 그 위로 떨어진다.

푸른색 화장수로 세례를 받은 헤어드라이어를 잠시 멍
하게 바라보다가 나는 이윽고 선언하듯 말한다.

"맞아, 저건 수명이 다했어."

아내는 일 년에 한두 달 정도 후각이 마비되었다. 봄철
꽃가루가 날리기 시작하면 잦은 재채기에 시달리다가 곧
이어 냄새를 전혀 맡을 수 없는 상태에 이르는 게 순서였
다. 여름의 습한 기운이 몰려올 때까지 아내의 고충은 계
속되었다.

땀 냄새가 풍기는 침구를 그냥 사용한다거나 쉰내 나는
반찬을 식탁에 올린다거나 고기 냄새가 밴 양복을 무심히
챙겨주면서 아내가 자신의 증세를 드러내기 시작하면 나
는 친절하게 그런 것들을 지적해주어야 했다. 후각이 마비
되는 기간 중에도 끓이는 요리를 오래 하거나 샤워를 오래
한 뒤에는 짧은 순간 냄새를 맡을 수 있었는데, 그때마다
아내는 언성을 높이기 일쑤였다.

"내가 무디고 눈치 없어진 게 그렇게 재밌어? 집안 공
기가 이렇게 탁한데 환기도 안 하고 뭘 한 거야? 창문 열
기 귀찮으면 나한테 말이라도 해줘야지. 내가 이런 거 못

견뎌한다는 걸 누구보다도 잘 알면서…….”

지독하게 불쾌한 냄새만 아니라면 신경쓰지 않는 나였지만 굳이 아내를 화나게 할 이유는 없었다. 그래서 나는 요령껏 현재의 후각적 상황을 아내에게 알려주곤 했다. 수건에서 군내가 난다고, 신발장의 탈취제가 다 닳은 모양이라고, 집안에 생선 구운 냄새가 가득하다고.

하지만 아내의 분노는 끝이 없었다. 텔레비전을 보며 무심코 던지는 내 말도 아내는 그냥 넘어가지 않았다. 오락 프로그램에서 출연자들의 눈을 가리고 코를 막은 뒤에 몇 가지 음식을 맛보게 하는 실험을 하고 있을 때였다. 실험 대상자들은 대부분 자기가 무얼 먹고 있는지 알지 못했다.

“쇼하는 거 아냐?”

사과와 양파도 구별하지 못하는 모습에 내가 코웃음을 치자 아내는 정색을 했다.

“저게 우스워 보여? 그럼 나도 우습게 보이겠네? 냄새 못 맡는 괴로움을 당신이 알기나 해? 청소를 해도 산뜻한 걸 모르겠고, 음식을 먹어도 무슨 맛인지 모르겠고, 빨래를 개면서도 상큼한 걸 모르겠어. 생활에서 냄새가 제거되면 그렇게 되는 거야. 미각이나 촉각 따윈 후각 앞에서 아무 것도 아니지."

제법 심각한 단어가 동원되는 것 같아 나는 건성으로나마 고개를 끄덕여 주었다. 하지만 아내는 그런 내 모습에 오히려 좌절하는 것 같았다.

"후각을 잃는다는 건 삶의 느낌을 절반 이상 잃어버리는 거야. 그러니까 나는 다른 사람들보다 일 년에 한두 달 손해를 보는 셈이지. 즐겁고 행복한 삶을, 그 기분 좋은 느낌을……."

턱없이 슬퍼하는 아내를 추스르기 위해서라도 나는 버럭 화를 낼 수밖에 없었다.

"천하에서 제일 예민한 사람이 여기 있었군. 그래, 내가 잘못했다. 잘못했어!"

실제로 아내는 평소에 상당히 예민한 편이었다. 하지만 후각이 마비되는 한두 달 동안 아내는 완전히 무딘 사람으로 변했다. 적어도 후각적인 면에 있어서는 말이다. 그러나 후각이 다른 감각들을 지배하거나 무력화하는 건 분명한 사실인 듯, 아내는 그 한두 달 동안 형편없이 둔한 사람으로 변했다. 그런 아내에게 눈치를 주자니 나는 어쩔 수 없이 예민하게 변해야만 했고.

그러다가 다시 환절기가 다가오면 우리는 각자 본래의

모습으로 돌아왔다. 아내의 요리 솜씨가 나아지는 게 신호였다. 마늘이나 참기름을 빼놓는 일 정도는 다반사였던 아내가 원래 솜씨 그대로 요리를 해내기 시작하면 우리들의 역할은 자연스럽게 다시 바뀌었다. 다시 예민해진 아내는 내게로 다가와 얼굴을 부벼댔고 다시 무뎌진 나는 아내의 얼굴을 피해 이리저리 고개를 돌려댔다.

"코가 막혀 있는 동안엔 당신이 딴사람 같았어."

달뜬 목소리로 말하는 아내에게 나는 시큰둥하게 물었다.

"딴사람이면 더 좋은 거 아냐?"

"아니. 사람이 아니라 물건 같았거든. 지독하게 평범한 물건."

그렇게 말하면서 나의 체취를 만끽하던 아내는 분명 나를 사랑하는 것 같았다. 후각이 마비되는 동안 아내의 사랑은 매번 재충전되는 것도 같았다. 결혼한 지 얼마 되지 않아서부터 내게 찾아든 권태감도 아내에게는 전혀 접근하지 못하는 것 같았다. 분명히 그런 것 같았다. 그런데도 아내는 왜 나를 떠난 것일까?

"아무리 맛있는 이탈리아 요리도 바질이나 오레가노의

향이 빠지면 맛을 제대로 느낄 수가 없어. 어린 아기를 품에 안았는데 그 여린 살 냄새를 맡을 수가 없다면 어떻겠어? 파트너와 함께 침대에 누웠을 때도 마찬가지지. 체취는 섹스 파트너의 모든 것이야. 냄새가 요리의 모든 것이듯."

그녀의 머리카락은 아직도 젖어있다. 사방에 습한 기운이 가득하다. 지금쯤 아내는 지독한 비염 증세에서 벗어났을 것이다. 아내의 재채기 소리를 듣지 않고 보낸 지난 봄은 고요하고 길었다. 아내가 베던 베개를 베고, 아내가 덮던 이불을 덮고, 그녀가 지금 내 곁에 누워있다. 샴푸와 컨디셔너와 바디클렌저가 혼합된 익숙한 냄새는 이제 그녀의 체취와 뒤섞여 새로운 냄새로 변해 있다. 그녀가 내 품에 파고들며 묻는다.

"냄새에 왜 그렇게 관심이 많아? 처음에 우리 가게에 왔을 때도 여자 향수를 있는 대로 다 꺼내 달라고 했었잖아. 그 냄새를 하나하나 맡아보는 모습이 얼마나 웃겼는지 알아?"

"그건 핑계였지. 너한테 어떻게 말을 좀 걸어볼까 하고……."

이탈리아 요리와 섹스 파트너를 비교하며 내게 말해준

사람은 아내였다. 나는 바질과 오레가노의 냄새를 구분할
줄 모른다. 나는 다만 아내가 했던 말을 그대로 기억해서
재연했을 뿐이다. 그 순간 아내는 내 의식 속에서 재현되
었다.

나의 의식 속에서 아내는 아직도 수시로 말을 하고 웃
음을 터뜨리고 요리를 하고 화를 낸다. 나는 내가 원할 때
마다 아내의 목소리와 표정과 행동을 되살려낼 수 있다.
그러나 아내의 체취를 기억하는 것은 불가능하다. 처음에
는 체취도 코끝에서 되살려낼 수 있었지만 곧 불가능해지
고 말았다. 나는 이제 아무리 숨을 들이마셔도 아내의 체
취를 기억할 수 없다. 기억할 수 없는 것은 재연하지도 재
현되지도 못한다.

"괜찮아? 다 굳었다면서……."

침대에서 몸을 일으켜 세우며 나는 묻는다. 어느새 화
장대 앞으로 다가간 그녀가 로션을 손에 바르며 대답한다.

"용기 입구 쪽만 그럴 뿐이야. 닦아내면 쓸 수 있어."

"화장품은 유효기간이 없어?"

"왜 없겠어? 로션은 이 년 정도야. 보관하는 방법에 따
라서 많이 달라지긴 하지만."

아내는 냉장고 옆면에 달력을 붙여놓고 습관적으로 유

효기간을 확인했다. 우유, 두부, 콩나물, 버터, 달걀, 어묵……. 포장지에 날짜가 찍혀 있는 많은 것들이 그 날짜에 맞춰 미련 없이 버려졌다. 하루쯤 지나도 괜찮다는 내말을 아내는 철저히 무시했다. 그때 나는 몰랐다, 우리들에게도 유효기간이 있다는 것을. 나는 아마도 우리의 관계를 냉장고나 전화기나 선풍기 같은 변질될 수 없는 종류의물건처럼 여겼을 것이다.

그렇다면 저 여자와 나는 어떨까? 머리를 빗고 있는 그녀를 바라보며 나는 생각한다. 결혼식과 혼인신고와 새로운 가족 관계로 겹겹이 방부제를 덧칠해도 7년 만에 끝나버리는 게 이런 관계인데, 저 여자와 나 사이에는 대체 어떤 숫자들이 유효기간으로 찍혀 있는 것일까?

산호색 목욕 가운에 붙어 있던 그녀의 긴 머리카락 하나가 바닥으로 떨어진다. 저런 장면을 상상했던 적이 있었다. 아내 아닌 여자를 이 집에 데려오는 상상 끝에 떠오르던 장면. 집으로 돌아온 아내가 뒤늦게 긴 머리카락을 발견하는 장면은 그 다음에 어김없이 떠올랐다. 두렵거나 난감하기보다는 성가시고 번거로운 상황이었다.

어쨌거나 나는 아내와 함께 사는 동안 다른 여자를 이집에 데려온 적이 없다. 그것이 예의라고 생각했다. 다른 여자를 만난다는 사실을 과시하지도 않았고 부주의하게 들키지도 않았다. 혹여 아내가 눈치를 챘을 때는 무조건 발뺌하는 태도도 잃지 않았다. 나는 적어도 내가 할 수 있는 모든 노력을 다했던 것이다. 그런데도 아내는 왜 나를 떠난 것일까?

믿을 수 없을 만큼 많은 것이 집안에 남아 있다. 결혼할 때 아내가 사왔던 침구와 가구들, 가전제품들, 실내장식품들, 주방기구들, 그릇들, 그밖의 생활용품들……. 아내가 쓰던 옷들, 가방들, 구두들, 책들, 음반들, 화장품들, 장신구들, 심지어 생리대까지.

아내는 그 모든 것을 남겨놓고 떠났다. 물론 아내가 완전히 맨몸으로 집을 나선 것은 아니다. 아내는 우선 자동차를 가져갔고 그 안에 물건도 가득 싣고 떠났다. 나는 커다란 여행 가방 하나와 무거운 종이 박스 몇 개를 자동차까지 들어다주기도 했다. 하지만 그 속에 어떤 물건이 들어 있는지는 알 수 없었다.

지금 다시 집안 구석구석을 둘러보아도 아내가 대체 무엇을 가져갔는지 모르겠다. 청소나 요리를 도운 적도 없고 아내의 물건에 관심을 가진 적도 없는 나로서는 도무지 알 수 없는 일이다. 사진첩 속에 군데군데 아내의 독사진이 빠져 있는 걸 보면 나름대로 치밀하게 자기 물건을 챙긴 것 같은데…….

우리는 너무 많은 물건을 집에 두고 살았던 모양이다. 그것은 혼수를 준비하는 일부터 살림을 꾸려나가는 일까지 모두 도맡아 했던 아내의 책임이다. 삶에 꼭 필요한 것들은 자동차 한 대에 다 실을 수 있을 만큼 적다는 것을 아내는 왜 미처 몰랐을까? 어쩌자고 이렇게 많은 것들을 사들였던 것일까?

집안에 남아 있는 물건들을 새삼스레 하나하나 살펴본다. 마지막 순간에 아내에게 선택 받지 못한, 자동차에 실려 이 집을 떠날 기회를 놓친, 나와 다를 바 없는 신세의 물건들.

옷장 한쪽을 가득 채운 아내의 원피스들을 바라보다가 나는 손을 뻗어 하나하나 만져본다. 옷걸이에 얌전하게 걸려 있는 원피스들은 아내가 막 벗어놓은 허물 같기도 하다. 아내는 원피스를 즐겨 입었다. 하지만 이렇게 많은 원피스가 있는 줄은 몰랐다. 물론 비싼 옷은 아닐 것이다. 내가 아는 아내는 저렴한 물건만 골라 쓰는 여자였다. 그러나 아내의 화장품은 모두 비싼 것이라고 그녀가 말하지 않았던가.

나는 아내의 원피스들 사이로 얼굴을 파묻는다. 내 머릿속에서 아내의 냄새는 떠오르지 않는다. 하지만 코는 아직 기억하고 있겠지. 다시 아내의 냄새를 맡으면 그것이 아내의 것인지 분명히 알아차릴 수 있을 것이다. 그러나 지금 내 앞에 떠도는 것은 희미한 나프탈렌 냄새뿐.

후각으로 느껴지는 것은 그 무엇보다도 강렬하다. 그러나 그것은 그만큼 빨리 잊혀진다. 아내의 말대로 그것은 삶의 느낌을 절반 이상 좌우하기도 하겠지만, 거기에 좌우되는 삶이란 너무도 덧없는 것이리라. 아내는 지금 어디에서 어떤 삶을 살고 있을까? 후각으로는 이미 내게서 잊혀진 아내. 곧이어 촉각으로도 청각으로도 시각으로도 차례로 잊혀지게 될 것이다. 아내가 했던 말도 더 이상 떠오르지 않고 아내라는 존재 자체도 언젠가는 잊혀지겠지.

원피스는 생각보다 작지 않았다. 그러나 등뒤로 팔을 돌려 지퍼를 올리자 점점 작아지기 시작한다. 몸이 꽉 조이는 느낌 속에 아내의 존재감이 되살아난다. 지퍼를 더 이상 올릴 수 없는 지점에 이르자 나도 모르게 한숨이 나온다. 손이 잘 닿지 않는 탓인지 옷이 작은 탓인지 알 수 없는 일이다.

언젠가 아내는 원피스를 입다가 내게 등을 보이며 지퍼를 올려달라고 했다. 이런 것도 혼자서 못 해? 나는 아마 그렇게 투덜거렸을 것이다. 그날 이후 아내는 내게 지퍼를 올려달라고 하지 않았다. 혼자서도 충분히 할 수 있으면서 내게 왜 그런 부탁을 했는지 알 수 없는 일이었다.

사내 한 명이 거울 속에서 나를 바라보고 있다. 목덜미 쪽이 날개처럼 벌어진 원피스를 입은 사내가 내게 묻는다.

그리운 거냐?

나는 고개를 젓는다.

외로운 거야?

나는 코웃음을 친다.

거울 속의 사내가 성큼성큼 걸어 나온다. 몸을 숙이며 옷장 속으로 고개를 집어넣은 사내는 곧 원피스들 사이로 사라져버린다.

아내의 속눈썹, 이라고 나는 생각했다. 왼발을 딛으며 오른발을 떼기 직전에 그것은 내 시야에 들어왔다. 유난히 길었던 아내의 속눈썹이 눈앞에 떠오르는 순간 나는 정확하게 그것을 밟고 말았다. 그러나 발을 들어올리자 방바닥에는 아무 것도 보이지 않았다. 발을 좀 더 들어올려 발바닥을 살펴보니 그것은 거기에 얌전히 붙어 있었다. 울컥, 반가움이 밀려들었다.

반원형의 검은 테두리 위에 길고 촘촘하게 나 있는 속눈썹들.

눈앞에 가까이 들고 살펴본 지금에서야 나는 그것이 인조 속눈썹이라는 사실을 깨닫는다. 반원형 테두리 따위는 사람의 얼굴에 존재하지도 않을 뿐더러 이렇게 통째로 눈썹이 몽땅 떨어질 수도 없는 일이 아닌가. 더구나 검은 테두리에 띄엄띄엄 묻어 있는 하얀 고무풀이라니.

잠시 나를 지배했던 반가움까지 쓸어 모아 쓰레기통으로 향한다. 분노와 흡사한 감정이 솟아오른다. 발걸음이 방향을 잃고 휘청인다. 나는 얼떨결에 음식물 쓰레기통의 뚜껑을 열고 만다. 불쑥 솟아오르는 악취가 정체를 알 수 없는 나의 혼란을 단숨에 날려버린다.

동식물이 뒤섞여 썩어가는 냄새. 누군가 이 집에 살고 있다는 사실을 증명하는 냄새. 부지런한 손길이 이 집을 떠났음을 말해주는 냄새. 나는 그 냄새를 힘주어 들어올린다. 순간 내 발등으로 흘러내리는 즙, 진액, 혹은 침출수.

악취는 좀처럼 지워지지 않는다. 욕실에서 손과 발을

거듭 씻다가 나는 문득 변기를 바라본다. 변기의 악취는 음식물 쓰레기통의 악취에 비하면 아무 것도 아니다. 음식물 찌꺼기들은 식탁에서 선택받지 못한 슬픔과 제대로 쓰여지지 못한 회한으로 비명을 지르듯 악취를 내뿜는다.

지쳐버린 나는 거실 바닥에 그대로 드러눕는다. 온 집 안에 퀴퀴한 냄새가 가득하다. 수명이 다한 것들의 냄새…….

"수명이 다했어."

몇 번을 거듭 말해도 아내의 대답은 똑같았다.

"우리 둘의 관계는 수명이 다했단 말이야. 그게 유일한 이유야."

속에서 치밀어 오르는 기운을 억누르며 나는 거듭 말했다.

"내가 잘 할게. 돈도 아껴 쓰고, 집안일도 돕고, 이제 다시는 한눈파는 일도 없을 거야."

갈수록 더 비굴한 목소리를 지어내며 말했지만 아내의 대꾸는 한결같았다.

"낭비벽, 게으름, 바람기, 그 어떤 것도 이유가 아니야. 명확한 이유가 있다면 나도 좋겠어. 그렇다면 함께 노력해서 그 이유를 없애버리면 될 테니까. 하지만 그게 아니야.

이건 오로지 수명의 문제일 뿐이라니까. 수명이 다하지 않았다면, 그보다 더한 문제들이 생겼다 해도 우선 해결하거나 봉합하려고 했을 거야."

두툼한 종이 뭉치를 내 눈앞에 들이밀며 아내는 덧붙였다.

"그러니까 이건 세상이 원하는 증거물이지 내 마음의 이유를 밝혀주는 서류가 아니야. 몇 번이나 말해야 알겠어? 난 오히려 당신이 이런 증거들을 남겨줘서 고마울 지경인데……. 어쨌든 법정에서 이걸 쓸 일은 없었으면 해."

통화 내역서, 신용카드 명세서, 이메일 내용 복사물……. 내 앞에 어지러이 흩어져 있는 종이들을 멍하니 내려다보는데 방문 닫히는 소리가 들렸다. 그 단호한 소리만큼 아내의 결의는 확고해 보였다. 합의와 소송의 양 갈래 길에 선 나는 어쨌든 그 중 한 길로 가야 한다는 사실을 받아들여야만 했다. 어느 쪽이든 종착지는 이혼이었고 다시 뒤돌아 갈 수 있는 길은 보이지 않았다.

잠겨버린 방문 앞에서 나는 한동안 고민했다. 문을 두드려야 할까? 그래도 안 열어주면 문을 부숴도 괜찮을까? 그런 뒤에도 과연 아내를 안을 수 있을까? 그럼에도 불구하고 아내는 가만히 있을까? 아내가 협조적인데도 내 몸이 협조를 안 하면 어떻게 할까? 그럴 경우엔 무슨 말을 해야 하는 걸까?

나는 결국 문을 두드려보지도 못하고 돌아섰다. 복잡한 고민에 빠져버린 나 자신이 한심했다. 오히려 자유를 되찾을 수 있는 좋은 기회인데…… 내 몸이 뜻대로 움직여주지 않아 돌아누울 때 어김없이 들려오던 아내의 한숨 소리로부터도 이제는 해방이다. 나는 그렇게 생각하며 거실 바닥에 드러누웠다. 지금처럼.

지금, 그리하여 나는 자유롭다. 나는 아무 것도 고민하지 않는다. 나는 누구의 눈치도 보지 않는다. 누구도 나를 간섭하지 않는다. 나는 홀가분하다. 나는…….

나는 다만 지금 배가 고플 뿐이다. 다시 되살아나는 해방감이라고 생각했던 게 사실은 허기였던 모양이다. 그러고 보니 아까 저녁밥을 챙겨 먹으려 했던 것 같다. 그러나 냉장고가 텅 비어 있는 걸 발견하고 잠시 선택의 갈림길에 서 있었을 것이다. 장을 보러 나갈지, 뭔가를 배달시켜 먹을지.

그때 어느 쪽을 선택했는지 기억나지 않는다. 인조 속 눈썹을 밟은 것이 그 선택의 전인지 후인지도 모르겠다. 아무튼 나는 지금 허기진 배를 움켜쥔 채 거실 바닥을 뒹

굴고 있다. 냉장고 돌아가는 소리가 유난히도 힘차게 들려
오는 밤.

"아직도 안 왔어?"

어수선한 집안을 둘러보며 그녀가 말했다. 나는 물끄러
미 그녀의 얼굴을 바라본다.

"파출부를 좀 부르지 그래?"

나는 대답 대신 그녀의 손을 잡는다. 염탐하듯 집안을
둘러보던 그녀가 비로소 내게 눈을 맞춘다. 나는 그녀를
소파에 눕히려 한다. 그녀가 말한다.

"불편해. 침대로 가."

나는 그녀를 거실 바닥에 눕히려 한다. 그녀가 말한다.

"바닥이 더러워. 침대로 가."

집안에 다른 여자를 끌어들이면 뭔가 색다른 느낌이 들
거라는 예상은 지난번에 이미 빗나갔다. 아슬아슬한 흥분
같은 것은 아내가 잠시 자리를 비웠을 때에만 가능한 모양
이었다. 그날 나는 아내가 완전히 집을 떠났다는 사실만
실감했을 따름이었다.

그런데도 왜 다시 그녀를 데려왔는지 알 수 없는 일이
다. 아내가 떠난 뒤 한동안 자유를 누리면서도 여자를 집

에 데려올 생각은 하지 않았던 이유 또한 알 수 없는 일이다. 돌이켜보면 그 무렵에 내가 누린 것은 자유가 아니라 무료함이었던 것 같다. 여자를 만나면서 시계를 들여다보지 않아도 된다는 것은 생각처럼 그리 행복한 일이 아니었다. 향수를 엎질러놓은 듯 불필요한 여유가 넘쳐나던 시간이었다.

"오늘은 왜 속눈썹을 안 붙였어?"

"샤워하면 뗄 건데 뭐하러 붙여?"

침대에서는 여전히 무료했다. 그녀의 대답 또한 무료하게 느껴진다.

"나갈 땐 붙일 거야? 속눈썹 가져 왔어?"

"그냥 마스카라만 할 거야. 여기 화장품 많잖아."

"해봐, 지금."

그녀는 순순히 거울 앞으로 다가간다. 타인의 화장품에 대한 호기심으로 분주히 손을 놀리면서 그녀는 즐겁게 말한다.

"마스카라는 스페인어로 가면이라는 뜻이 있대. 마스크하고 발음이 비슷하지? 그래서 변장이라는 뜻도 있고⋯⋯. 속눈썹을 길고 짙게 만들어서 위로 치켜 올리면 얼굴이 완전히 달라 보이잖아. 화장을 제대로 아는 여자일

수록 속눈썹에 공을 들이는 법이지."

이제 곧 그녀의 턱이 자연스럽게 들리고 눈이 반쯤 감기며 입은 저절로 벌어질 것이다. 무방비 상태인 것도 같고 키스를 기다리는 것도 같은 묘한 포즈로 그녀는 마스카라를 칠할 것이다.

"수명이 다했나 봐."

그녀의 말에 내 호흡이 반사적으로 멈춘다. 병원체 같은 저 단어, 수명.

"마스카라는 수명이 제일 짧아. 화장품은 유효기간이 지나도 그냥 쓰는 경우가 많은데, 이건 그럴 수도 없어. 다 말라서 굳어버리거든. 입구뿐만 아니라 용기 속까지 말이야. 이거, 꽤 비싼 건데……."

그녀는 탐구욕에 빛나는 눈길로 마스카라를 이리저리 살펴보고 있다. 나는 호흡을 가다듬으며 묻는다.

"수명이 긴 화장품은 어떤 거야?"

"파우더나 아이섀도 같은 가루 종류지. 뭐든지 물기가 적을수록 오래가잖아."

그래, 축축한 기운 속에서 세균은 더 잘 번식하는 법이지. 하지만 아내는 습한 기운을 좋아했다. 비염 증세 때문이었겠지만 반드시 그것만이 이유가 아니었을지도 모른다.

"포기해야겠다. 이건 도무지 쓸 수가 없어."

마스카라의 뚜껑을 닫으며 그녀는 덧붙여 말한다.

"이렇게 굳었을 땐 스킨을 부어서 녹여 쓰기도 하는데, 이건 냄새까지 완전히 변해버렸어. 내가 이래서 마스카라를 안 쓴다니깐. 끈적거리고 손에 묻고 잘 변질되고……. 속눈썹을 붙이는 게 훨씬 편해."

"하지만 붙이는 속눈썹은 너무 인위적으로 보여."

그 빳빳하고 선명한 눈썹 모양을 떠올리며 나는 투덜거렸다. 기가 막힌다는 듯, 그녀가 나를 빤히 바라보며 말한다.

"화장은 본래 인위적인 거야. 완전히 다르게 변해버린 얼굴을 바라보는 게 얼마나 기분 좋은지 모르지? 자연스러운 화장으로는 결코 그 기쁨을 누릴 수 없어."

눈이 부시다. 오른팔을 두 눈 위에 얹어 빛을 피했지만 곧 답답해진다. 벽 쪽으로 돌아누우며 나는 말한다.

"불 좀 꺼줘."

아무런 대답도 들리지 않는다. 나는 더 큰 소리로 말한다.

"불 좀 꺼줘."

아무 변화가 없다. 나는 벌떡 윗몸을 일으켜 앉는다. 마치 생물체처럼 침대가 출렁인다. 이 집에는 지금 나를 위해 불을 꺼줄 생물체가 없다. 그래도 나는 다시 한 번 외친다.

"불 좀 꺼달란 말이야."

아내가 이 집에 살았을 때, 나는 한 번도 내 손으로 불을 끄지 않았다. 다른 생활비와 마찬가지로 전기 요금 또한 아내에게 민감한 부분이었으므로 내 손이 미처 닿기도 전에 불은 늘 꺼져 있었다. 침대에서 책을 뒤적이다가 졸릴 때면 나는 적당한 목소리로 외치기만 하면 되었다. 불 좀 꺼줘.

열려 있는 방문으로 냉장고 돌아가는 소리가 들려온다. 하루가 다르게 소리가 커지는 것 같다. 침대에 걸터앉은 채 나는 이유를 생각해본다. 집안이 너무 조용하기 때문일까? 단지 내가 그렇게 느끼기 때문일까? 냉장고가 한쪽으로 기울어진 건 아닐까? 혹시…… 수명이 다된 것일까?

나는 벌떡 일어나 부엌으로 걸어간다. 냉장고를 붙잡고 이쪽으로 저쪽으로 조금씩 밀어본다. 수평을 맞추려고 한쪽 귀퉁이 아래에 괴어둔 딱딱한 종이를 빼내어 다른 쪽

귀퉁이 아래로 밀어 넣어본다. 소리는 변함없이 크게 들려
온다. 귀가 먹먹해진다.

세상에 변하지 않는 것은 없다. 이 딱딱한 냉장고도 조
금씩 변질되고 있다. 이러다가 점차 냉각 기능이 떨어질
것이고 어느 순간 완전히 멈춰버릴 것이다. 전화기나 선풍
기에도 정해진 수명은 있다. 어느 날 버튼이 잘 눌러지지
않고, 어느 날 모터가 멈춰버린다. 그런 일을 한두 번 겪
은 것도 아니다. 그런데도 나는 왜 우리의 관계를 냉장고
나 전화기처럼 변질될 수 없는 것이라 여겼던 것일까?

나는 온 집안을 서성거리며 가전제품들을 살펴본다. 침
구와 가구들, 실내장식품들, 주방기구들, 그릇들, 그 밖의
생활용품들을 둘러본다. 아내가 쓰던 옷들, 가방들, 구두
들, 책들, 음반들, 화장품들, 장신구들, 심지어 생리대까
지 뒤져본다. 세상에 영원한 것은 없다. 그러니 이 모두가
수명, 혹은 유효기간이 있을 것이다. 이 모든 것들을 집안
에 들여놓은 아내는 알고 있겠지. 어떤 것이 이미 수명이
다했고 어떤 것이 벌써 유효기간에 가까워졌는지를.

짙은 호두나무색 책상 위에 먼지가 얇게 깔려 있다. 아
내의 부재를 증명하는 먼지다. 나는 두 손으로 책상 위를
짚어본다. 내 존재를 각인하듯 한동안 두 손에 힘을 준 뒤

떼어내자 책상 위에 뚜렷한 손자국이 찍힌다.

책상 맨 아래 서랍은 여전히 아내의 물건들로 가득하다. 아내는 이 서랍 안에 있던 물건은 하나도 가져가지 않은 것 같다. 그러나 아내의 물건에 큰 관심을 가진 적이 없으니 장담할 수는 없는 일이다. 어쨌든 일기처럼 써놓은 노트며 친구들에게서 받은 편지, 어린 시절의 성적표까지 변함없이 서랍을 가득 채우고 있다. 이런 것들도 수명을 지니고 있을까? 그건 아내만이 알고 있을 것이다.

커다란 여행 가방 하나와 무거운 종이 박스 몇 개에는 과연 무엇이 들어 있었을까? 자동차와 함께 떠나버린 그 물건들의 정체가 맹렬히 궁금해진다. 아직 수명이 다하지 않은 것들? 삶에 꼭 필요한 것들? 유효기간이 남은 것들? 아내에게 중요한 것들?

그게 무엇이든 나는 거기에 속하지 못했다. 나와 비슷한 처지의 물건들이 이 집안에 가득하니 슬퍼할 일은 아니다. 그러나 그들도 나처럼 분노보다 슬픔이 느껴지는지 두런두런 내게 말을 걸어오기 시작한다. 자신을 제어하고 간섭하던 손길로부터 벗어나니 오히려 외로움이 느껴지는지 자기들끼리 두런두런 말을 나누기 시작한다.

나는 비틀거리며 침대로 향한다. 이불을 뒤집어쓰고 얼

굴을 베개에 파묻는다. 아내는 너무 많은 것을 남기고 떠났다. 아내는 너무 잔인했다. 아내는 너무…….

"갈수록 집이 왜 이래?"

현관에 우뚝 선 그녀는 거실로 들어설 생각을 하지 않는다.

"요즘 파출부가 안 와서 그래. 중간에 그만뒀는데 다시 사람 구하기가 여의치 않아서……."

"와이프가 어디 입원이라도 했어? 솔직히 말해봐."

그녀가 느릿느릿 신발을 벗는다. 나는 딴청을 부리며 말한다.

"파출부 구하기 귀찮아서라도 다시 결혼을 해야 할까봐."

"뭐야? 완전히 아웃 당한 거였군. 왜 그렇게 됐는지 집안 꼴을 보니 알겠다."

그녀는 웃으며 말했지만 나는 웃지 않았다.

"어떤 여자였어?"

탁자 위의 작은 액자를 집어 들며 그녀가 물었다. 액자 속에는 아내와 나의 사진이 들어 있을 것이다. 행복한 부부의 전형적인 포즈를 취한.

"보다시피 평범한 여자였어."

그녀는 소파에 앉아 뚫어지게 사진을 들여다보며 말한다.

"평범한 곳에 함정이 숨어 있는 법이지. 사람들은 평범한 게 얼마나 무서운지 모르는 것 같아. 우리 아버지도 평범했고 엄마도 평범했어. 그런데 사실은 그게 가장 큰 문제였거든."

침실로 들어가는 내 뒤를 따라오며 그녀는 낮은 목소리로 묻는다.

"그런데…… 평범하다는 거, 확신할 수 있어? 이렇게 자기 물건을 고스란히 두고 떠나는 걸 봐서는 평범한 여자가 아닌 것 같아."

아무런 대꾸도 하지 않는 내게 그녀는 거듭 묻는다.

"이유는 뭐였어?"

"수명이 다했대."

"뭐?"

"수명이 다했다고, 우리들의 관계가."

"그 말을 믿어?"

그 말을 하고 나서 아내가 눈물을 흘렸다고, 눈가에 마스카라가 시커멓게 번지도록 울었다고, 나는 말하지 못한다.

"진절머리 난다는 듯 이렇게 모든 걸 두고 떠난 여자가 했던 말을 믿어? 완전히 새 출발하려고 작정한 것 같은 여자가 했던 그 말을 믿어?"

나는 말없이 침대에 눕는다. 그녀는 지치지도 않고 내게 묻는다.

"위자료는 받아 갔어? 재산 분할은? 이 집은 처음에 누가 산 거야?"

"이 집도 수명이 다했나 봐. 그냥 두고 갔어."

그녀가 소리 내어 웃는다. 그 모습이 낯설다. 그녀를 처음 보았을 때처럼.

그때 나는 향수를 찾고 있었다. 아내가 즐겨 쓰던 향수 냄새가 그나마 기억 속에 남아 있어서 똑같은 걸 구하고 싶었다. 그 향수는 아내가 가져갔는지 집안에 보이지 않았다. 나는 주인인지 점원인지 알 수 없는 그녀에게 여자 향수를 있는 대로 다 꺼내달라고 했다. 그리고 허겁지겁 그것들의 향기를 맡고 있는데 사뭇 걱정스러운 듯한 그녀의 목소리가 들려왔다.

"혹시…… 누군가의 몸에서 맡았던 향기를 찾고 있나요? 그렇다면 힘들 거에요. 향수는 제각각 탑 노트, 미들

노트, 베이스 노트를 갖고 있어서 시간이 흐를수록 다른 향기를 내뿜거든요. 거기에 사람의 체취까지 더해지면 저마다 다른 향기로 변하기 마련이죠."

나는 그녀에게 괜찮은 향수를 하나 골라달라고 했다. 그리고 그것을 그 자리에서 그녀에게 선물했다. 다음 날에도 또 그 다음 날에도 나는 그녀가 고른 화장품을 하나씩 선물했다. 아내의 눈치를 볼 필요가 없게 된 나는 마음껏 여자들에게 선물을 할 수 있었고 또 그만큼 마음껏 여자들을 만날 수 있었다. 그러나 그럴수록 이상하게도 나는 여자들에 대해 점점 더 알 수 없게 되어버렸다. 그녀도 그런 여자들 중의 하나였다.

"다른 베개는 없어? 이건 너무 더러워."

어느새 침대로 다가와 말하는 그녀를 나는 낯설게 바라본다. 불현듯, 세상이 낯설게 여겨진다.

그리운 거냐?
나는 고개를 저었다.
외로운 거야?
나는 코웃음을 쳤다.
아내의 옷들을 다 꺼내놓고 그 위에 향수를 뿌려대면서

나는 그렇게 몇 번이나 스스로 묻고 스스로 대꾸했다.

시간이 흐르자 향수는 과연 조금씩 다른 향기를 내뿜기 시작한다. 하지만 어디에서도 아내의 냄새는 맡을 수 없다. 아마도 처음부터 아내의 옷에 체취가 배어 있지 않았기 때문일 것이다. 옷장에서 꺼낸 옷들은 모두 깨끗하게 세탁이 되어 있었다. 아내가 한 번이라도 입었던 흔적이 보이는 옷은 찾아볼 수 없었다. 어쩌면 아내는 자신의 체취가 이 집에 남는 것을 원하지 않았는지도 모른다.

"지금 올 수 있어?"

전화를 받는 그녀에게 나는 대뜸 묻는다.

"청소 아직 안 했지?"

그녀도 대뜸 내게 묻는다.

"그럼 밖에서 만날까?"

"오늘은 곤란해."

"내일은?"

"내일? 내일 다시 전화해."

나는 그러겠노라며 전화를 끊는다. 하지만 나는 내일 그녀에게 전화하지 않을 것이다.

내가 수명이라는 단어를 자주 말했듯 그녀는 평범이라는 단어를 자주 말했다. 내가 나도 모르게 나의 외로움을 말했듯 그녀는 자신도 모르게 결혼에 대한 혐오를 말했다. 그녀도 나도 평범한 사람일 것이다. 그리고 그녀와 나의 관계도 이제는 수명이 다한 것 같다. 이런 식의 만남치곤 평균보다 짧은 수명이었다. 마치 마스카라처럼.

"마스카라……."

입술과 혀를 움직여 그 이름을 발음해본다. 입안에 달라붙는 감각적인 이름이다.

나는 화장대 앞으로 다가가 마스카라를 찾아본다. 그저 굵은 만년필 같아 보였던 그것은 자세히 보니 물결치는 듯한 유선형의 몸체를 지니고 있다. 그 매혹적인 검은 몸체를 쓰다듬다가 나는 마침내 뚜껑을 돌려 연다.

생각처럼 지독한 냄새는 나지 않는다. 수명이 다한 마스카라는 그저 뻑뻑하게 솔을 뱉어낼 뿐이다. 하지만 그 길쭉한 솔을 얼굴 가까이 가져오자 부패한 냄새가 풍겨온다. 삐쭉 삐죽한 솔 끝을 자세히 바라보는 동안 냄새는 점점 더 코를 찌른다. 불쾌하지만, 묘하게 사람을 자극하는 냄새였다. 용기 입구에까지 코를 갖다 대며 그 불쾌한 냄새를 맡아보다가 나는 결국 마스카라를 휴지통에 던져 넣는다.

그때, 검은 색 물체가 내 눈에 들어왔다. 화장대 옆 휴지통 뒤쪽으로, 옷장과 벽 사이의 좁은 틈에서, 물체는 제 존재의 일부분을 내게 드러냈다. 나는 휴지통을 앞으로 빼낸 뒤 화장대 옆의 공간으로 몸을 숙인다. 왼팔을 뻗어 한 번에 물체를 낚아 올린다. 내 손에 잡힌 그것은 생각보다 길게 딸려 나온다.

이것은 틀림없는 아내의 것이다. 검은색 스타킹을 손에 쥔 채 나는 생각한다. 여름이 시작되면서 이 집에 드나들기 시작한 그녀는 스타킹을 신지 않았다. 그러니 이것은 틀림없는 아내의 것이다. 검은색 스타킹을 손에 쥔 채 나는 생각한다. 그 이전에는 어떤 여자도 집에 데려오지 않았다.

게다가 이건 적어도 한 번 이상 신었던 스타킹이 분명하다. 구불구불하게 늘어져 있고 뒤꿈치 부분은 약간 튀어나와 있다. 스타킹을 살펴보는 내 얼굴에 저절로 미소가 떠오른다. 나는 심호흡을 하며 내 얼굴 가까이 스타킹을 끌어당긴다. 희미한 냄새가 떠오르는 것도 같다. 나는 스타킹에 코를 파묻으며 부벼댄다. 아내의 체취가 되살아나는 것도 같다. 그러나 모든 것은 불명확하다. 더 이상, 더 이상 어떻게 해야 하는 걸까?

스타킹을 코에 대고 방안을 서성거리다가, 스타킹을 손

에 움켜쥔 채 거실을 돌아다니다가, 마침내 제자리에 선 나는 스타킹을 목에 두르고 있다. 매듭이라도 지을 듯 스타킹의 양끝을 엇걸려 잡은 채.

나는 양쪽 손에 힘을 주어 좌우로 뻗어본다. 목이 죄면서 감각이 예민해진다. 스타킹의 양끝을 잡고 있던 손을 좀 더 안쪽으로 옮긴 뒤 더욱 힘주어 좌우로 뻗어본다. 코끝에서 냄새가 아릿하게 맴돈다. 좀 더 안쪽으로, 그리고 좀 더 좌우로……. 숨을 쉴 수 없는 순간 냄새가 내 몸 안에 갇힌다. 그 순간의 냄새는 아내의 체취를 닮았다. 그러나 아직은 불명확하다. 좀 더 안쪽으로, 그리고 좀 더 좌우로…….

눈앞이 아뜩해지려는 찰나, 슬그머니 현관문이 열리는 것이 보인다. 나는 양손의 힘을 풀며 눈을 크게 뜬다. 문을 열고 들어오는 사람은 틀림없는 아내다. 나는 제자리에 우뚝 선 채 아내를 노려본다. 그러나 현관문을 닫고 돌아서는 순간, 아내의 얼굴은 그녀의 얼굴로 변해 있다. 낯익으면서도 낯선 얼굴. 알고 있으면서도 모르는 얼굴. 떠나는 순간에도 눈물 흘리지 않을, 눈물 흘린다 해도 결코 시커멓게 뭉개지지 않을, 인조 속눈썹의 얼굴.

"등 좀 밀어줘."

무심코 외치다가 소스라치듯 놀란다. 나는 욕실 문을 열고나서 주위를 휘둘러본다. 알몸에서 물이 뚝뚝 떨어진다. 부엌, 거실, 침실, 서재……. 빠짐없이 돌아다니며 확인한 이후에 스스로에게 다짐하듯 말한다. 아무도 없어. 잊지 마, 이집에는 아무도 없어. 그리고 아무도 찾아오지 않아.

다시 욕실로 돌아와 욕조에 발을 담글 때 현관문 여는 소리가 또렷하게 들려왔다. 나는 눈을 질끈 감으며 욕조 속으로 몸을 담근다. 현관문이 닫히는 소리, 누군가의 발자국 소리가 차례로 들려온다. 소리를 쫓기 위해 물을 틀자 이번에는 누군가의 목소리가 들리는 것 같다. 물소리에 섞여들며 두런거리는, 웅성거리는…….

나는 다시 욕실 문을 열고 나와 오디오 앞으로 다가간다. 손에 잡히는 대로 음반을 꺼내어 넣고 볼륨을 크게 높인다. 음악 소리가 순식간에 집안을 가득 채우며 나의 환각을 밀어낸다. 비로소 편안해진 마음으로 나는 음반 재킷을 살펴본다. 기모노를 입은 서양 여자가 나를 보며 웃고 있다.

언젠가 아내는 이 오페라를 함께 보러 가자고 했다. 나는 지루한 것은 질색이라고 말했다. 그런 걸 좋아하는 친구와 함께 가라고 권하기도 했다. 그래서 아내가 이 오페라를 보았는지 어떤지는 알 수 없는 일이다. 분명한 것은, 그때 나는 지루함에 대해서 제대로 알지 못했다는 사실이다. 외로움에 대해서는 더더욱.

알몸에서 물이 뚝뚝 떨어진다. 뭐든지 물기가 적을수록 오래가잖아. 그녀의 목소리가 떠오른다. 나는 어느덧 화장대 앞으로 가서 휴지통을 뒤지고 있다. 그 속에서 마스카라를 찾는 것은 어렵지 않다. 날렵한 유선형의 몸체 속에 조심스레 화장수를 붓고 길쭉한 솔을 집어넣어 휘젓는 동안 기묘한 냄새가 코를 자극한다.

내 짧은 속눈썹에 마스카라를 바르는 것은 힘든 일이다. 눈 주변이 금세 검게 더러워진다. 하지만 끈기 있게 손을 움직여 속눈썹을 제법 길고 진하게 만들었다. 눈을 깜박일 때마다 속눈썹의 존재감이 느껴진다. 눈을 깜박일 때마다 마스카라의 냄새도 느껴진다. 수명이 다한 것의 냄새, 유효기간이 지난 것의 냄새, 내게 아주 익숙한 것들의 냄새.

붉은 립스틱을 입술에 바르고, 푸른 아이섀도를 눈두덩에 칠하고, 하얀 파우더를 온 얼굴에 바르는 동안, 아내의 체취가 언뜻언뜻 떠오르는 것도 같다. 완전히 다르게 변해버린 얼굴을 바라보는 게 얼마나 기분 좋은지 모르지? 그녀의 목소리가 떠오르자 나는 다시 한 번 마스카라를 속눈썹에 덧바른다. 그리고 그대로 길쭉한 솔을 들어 올려 눈두덩에 검게 검게 칠한다. 그 위에 자리 잡은 눈썹에도 검게 검게 칠한다. 입술에도 검은 테두리를 만들어준다.

거울 속의 내 얼굴은 완전히 다르게 변해버렸지만 그걸 바라보는 기분은 우울하기만 하다. 그나마 조금씩 기억나던 아내의 체취는 변질된 마스카라 냄새에 묻혀버렸다. 나는 화장대 위의 로션이며 스킨이며 크림 따위를 되는대로 덜어내어 온몸에 바르기 시작한다. 익숙한 것도 같고 아닌 것도 같은 향기가 온몸에 얼룩진다.

나는 서둘러 욕실로 들어가 샴푸며 컨디셔너며 바디클렌저 따위를 욕조 속에 마구 쏟아붓는다. 익숙한 것도 같고 아닌 것도 같은 향기가 물속으로 번져간다. 검게 검게 화장을 한 나는, 온몸이 향기로 얼룩진 나는, 그 물 속에 천천히 몸을 담근다. 물은 어느새 미지근하게 식어 있다.

시간이 얼마나 흘렀을까? 열려 있는 욕실 문으로 익숙한 아리아의 선율이 밀려들기 시작한다. 한동안 아무 냄새도 맡을 수 없었던 나는, 한동안 아무 소리도 들을 수 없었던 나는, 비로소 온몸의 감각이 다시 깨어나는 것을 느낀다. 그 감각에 집중하기 위해서 나는 눈을 감는다. 조금만, 조금만 더 집중하면 가능할 것 같다. 조금만, 조금만 더 심연에 몸을 담그면.

알 프리모 인콘트로, 에드 엘리 알콴토 인 페나 키아메라, 키아메라…….

다시 아무 소리도 들을 수 없다. 다시 아무 냄새도 맡을 수 없다. 차갑게 식어버린 물속에 완전히 몸을 담근 채, 눈과 코와 입까지 물속에 맡겨둔 채, 나는 무언가를 되살려내기 위해 집중하고 또 집중한다. 오래도록, 아주 오래도록.

이식

"처음이세요?"

"……아뇨."

"많이 아프던가요?"

"수면 마취만 잘 되면…… 아무 것도 못 느껴요."

어쩔 수 없이, 여자들과 마주치게 된다. 탈의실에서, 혹은 좁은 대기실에서.

대부분 서로의 시선을 외면하지만 더러 그렇게 저돌적으로 말을 걸어오는 부류도 있다. 십여 일 동안 호르몬 주사를 맞아 열 몇 개의 난포를 키워온 여자들.

이들 중의 누군가는 수십 개가 넘는 난자를 얻어 기뻐하다가 끔찍한 후유증을 겪을 것이다. 또 누군가는 한두 개의 난자도 채취하지 못해 우울해할 것이다. 그리하여 결국엔 나의 고객이 될 여자도 있겠지.

거울을 정면으로 바라보면서 1회용 비닐 모자를 머리에 쓴다. 가운을 입은 내 모습이 언뜻 의료인처럼 보이기도 한다. 하지만 나는 지금 가운 속 아랫도리를 모두 벗고 시술을 기다리는 처지일 뿐.

방금 그녀에게 말했듯 지난 세 번의 시술은 통증 없이 끝났다. 별다른 후유증도 없었다. 사실, 간단한 시술이다. 바늘로 난소를 찔러 난자 몇 개를 뽑아내기만 하면 되니까. 내 몸 안의 가장 큰 세포라고 해도 어쨌든 난자는 그저 세포에 불과하다.

장기를 통째로 잘라내는 것에 비하면 세포 따위는 아무것도 아니다. 간 이식 수술에 비하면 난자 채취술은 정말 아무 것도 아니라는 얘기다. 어쩔 수 없이, 나는 그런 비교를 하게 된다.

"생체 이식은 이것보다 더 힘들다잖아. 곧 괜찮아질 거야."

회복기의 통증과 싸우고 있는 남편에게 나는 기껏 그렇게 말할 수밖에 없었다. 다른 위로의 말은 찾을 수가 없었다. 어차피 그의 고통은 그의 고통일 뿐이었다.

기증자의 간을 일부분만 이식 받아 제 몸 안에서 온전한 크기로 만들어야 하는 환자에 비하면 남편의 경우는 객

관적으로 덜 힘들 게 분명해 보였다. 하지만 그의 고통은 그에게 세상의 전부일 수밖에 없었다.

"힘들어……. 온몸이 아파."

고열과 수면 장애에 시달리며 그가 내뱉는 말들이 내겐 그저 몽롱하게 들려왔다. 타인의 간을 자신의 몸에 안착시키는 게 어찌 간단한 일이겠는가. 나는 묵묵히 그가 먹을 약들을 챙겨주었고, 모든 음식을 전자레인지에 넣어 소독해주었고, 면역 억제제 때문에 저려오는 그의 손발을 주물러주었다.

"아직도 더 필요해?"

수술한 지 한 달 만에 집으로 돌아와 친구와 통화를 할 때에도 나는 사과와 귤이 익어가는 찜통을 몽롱하게 바라보고 있었다.

"적어도 일 년은 쉬어야 하니까……. 당장 생활비가 필요해. 간병하면서 파트타임으로 할 수 있는 일, 찾기 힘들겠지?"

당연히 힘들다는 걸 알면서도 나는 친구에게 부탁을 했다. 간을 떼어줄 사람도 돈을 빌려줄 사람도 구하지 못했던 남편. 이제 더 이상은 줄여갈 수 없는 집. 나는 뻔뻔해져야만 했다.

이미 적지 않은 돈을 마련해준 친구가 또다시 도움을 주리라 기대하지는 않았다. 그런 기대라면 차라리 친정 식구들에게 했을 것이다. 그러니까, 그건 그냥 하소연이었는지도 모른다. 하지만 뜻밖에도 친구는 말했다.

"너만 괜찮다면, 적당한 일이 있긴 한데……."

그리고 한껏 목소리를 낮추며 친구는 서둘러 덧붙였다.

"끝까지 비밀을 지킬 수만 있다면."

세월 저편의 기억을 풀썩 떠올리게 하는 목소리였다.

"말해줄게, 끝까지 비밀을 지킬 수만 있다면."

스무 살, 친구의 목소리. 숨결까지도 고스란히 되살아나는 목소리. 비밀을 약속하며 친구가 들려주었던 그 이야기로부터 어쩌면 우리의 우정은 시작되었을 것이다. 스무 살, 친구가 경험한 첫 남자의 이야기.

어쩌자고 이토록 생생하게 떠오르는 것일까? 어려운 부탁을 들어주겠다는 친구 앞에서 회상이나 하고 있는 스스로가 한심해서 나는 깊은 한숨을 내쉬었다. 그러나 그 한숨은 기억 속의 한숨을 불러와 또다시 회상으로 나를 이끌었다.

임신을 두려워하며 친구가 내뱉던 한숨. 첫 경험의 설렘보다도 더 크게 그녀를 지배했던 두려움은 나에게까지 전염될 지경이었다. 그러나 우리의 몸이란 간단치 않아서 친구의 임신은 이후로도 오랫동안 현실로 이루어지지 않았다.

"이럴 줄 알았으면 괜한 걱정이나 안 하고 살걸 그랬어."

결혼 7년 만에 불임의 원인을 알게 된 친구가 허탈하게 웃으며 말했을 때, 나는 같이 웃어줄 수가 없었다. 자신의 배란 장애 증세를 설명해주는 친구 앞에서 나는 두 번이나 경험했던 낙태 수술의 기억을 떨쳐내느라 곤혹스러웠을 뿐이었다.

그렇게 나와 전혀 상관없는 불임 센터를 드나들던 친구가 결국 그곳에서 나에게 필요한 일거리를 찾아주겠노라 말하고 있었다. 그녀가 알려주는 난자 채취 방법은 그저 생소하고 생경하기만 했다. 조심스러운 친구의 목소리는 또다시 나를 스무 살의 기억으로 잡아끌었다.

"지금까지 내 몸 속에 들어온 것 중에 가장 크고 따뜻한 이물질이었어."

임신을 두려워하다가도 못 참겠다는 듯 그날의 경험을 털어놓는 친구 앞에서 나는 호기심으로 온몸이 간지러웠다. 걱정의 한숨과 설렘의 호흡을 공유하다가 느닷없이 얼굴이 화끈 달아오르기도 했던 그때.

그때 이후 얼마 지나지 않아 나도 그 크고 따뜻한 이물질을 경험했다. 그것은 호기심이었다가, 화끈거림이었다가, 일상이었다가, 권태가 되었다. 그것을 닮은 차가운 의료기에도 익숙해지면서 임신을 했고 아이를 낳았다.

그러므로 난자 채취 과정은, 견딜 만했다. 수시로 난포의 크기를 재기 위해 초음파 기구를 이물질로 받아들이는 것쯤은 부담 없이 넘길 수 있었다. 그 차가운 이물질과 함께 나의 몸속으로 들어와 난소를 찔러댄 바늘은 어차피 마취 상태에서만 경험했으니까.

"저는 남편이 무정자증이라서요."

"무정자증이라면…… 어떻게 수정을 하죠?"

"고환 조직에서 정자를 채취하면 가능하대요."

"아, 그래요? 정말 별별 기술이 다 있네요. 저처럼 난자 껍질이 두꺼우면 미세 수정으로 정자를 난자 속에 넣어주고……."

어느덧 대기실이 소란스럽다. 저돌적인 여자의 질문 공세에 저마다 자신의 얘기를 쏟아내고 있는 모양이다. 의술의 발달에 감탄하면서 희망을 갖는 여자들. 이들 중 몇몇은 머지않아 시험관 아기 시술의 확률 앞에서 절망할 것이다. 그러나 또 다른 방법을 알게 되면서 또 다른 희망을 갖게 되기도 하겠지. 의술뿐만 아니라 법의 틈새와 윤리의 바닥 아래를 뒤지다보면.

수술 가운을 입고 마스크를 쓴 의료진 앞에 다리를 벌리고 눕는 순간. 두려움에 앞서 수치심이 밀려드는 순간이다. 어서 빨리 잠이 쏟아지기만을 기다려야 하는.

"네 난자는 수정률이 아주 높은 편이래. 수정란의 질도 좋아서 상등급이 많이 나왔대."

첫 거래를 끝내고 난 뒤 친구는 은밀한 목소리로 내게 말해주었다. 그 목소리는 이후로 종종 내 귓가에 되살아났다. 정육점에서 쇠고기의 등급을 살펴볼 때나 마트의 달걀 코너에서 일등급 특란을 고를 때……

그때마다 어쩔 수 없이, 한 사람이 떠올랐다. 아마도 남자로 추정되는 사람. 아마도 내 남편과 비슷한 체격이었을 사람. 그 사람의 간도 이러저러한 이름과 숫자로 품질이 매겨졌겠지. 나의 난자처럼.

간 이식 수술 도중에 나는 남편의 몸에서 떼어낸 간을 볼 수 있었다. 그걸 누가 왜 보여주었는지, 그것의 모양과 상태가 어떠했는지, 거짓말처럼 기억나지 않는다.

그 무렵의 기억은 모두 그렇다. 온통 조각 나 있고 끊어져 있고 많은 부분이 사라져버렸으며 어떤 부분은 뿌옇고 어떤 부분은 돌올하다. 그래서 그 무렵의 회상은 불완전할 수밖에 없다. 낯선 언어를 사전에 의존해 겨우 짐작해내듯이.

남편의 수술과 회복을 돕느라 너무 지친 까닭인지, 이후로 거듭된 난자 채취의 부작용 때문인지, 이유는 알 수 없는 노릇이다. 수술비를 마련하느라 정신없이 돈을 끌어모으던 때부터 퇴원할 무렵까지의 일들은 모두 그렇게 나의 기억 속에서 단절되고 흐릿해졌다.

수술을 끝내고 의식 없는 상태로 누워 있던 남편도 보았고 몇 시간 뒤 의식이 돌아온 남편도 보았지만 중환자실에서의 그 시간들은 아직도 꿈처럼 비현실적으로 떠오른다. 전체적인 분위기와 정황은 기억나는데 유독 남편의 얼굴만 제대로 떠오르지 않는 것이다.

일반 병실로 옮겨서 한 달 가까이 이어졌던 회복 기간도 마찬가지다. 침상에서 남편의 표정이 어떠했는지 안색은 또 어떠했는지 도무지 생각나지 않는다. 나는 다만 그의 몸 곳곳에 연결되어 있던 여러 개의 줄들만 기억할 따름이다. 그 줄에 연결되어 몸 상태를 측정하던 의료 기구,

약을 공급하던 유리병, 체액을 받아내던 비닐 주머니 같은 것들과 더불어.

그 줄들이 어떤 순서로 얼마 만에 남편의 몸에서 제거되었는지는 기억나지 않는다. 줄을 빼는 만큼 먹을 수 있는 음식도 늘어갔지만 그 순서나 방법이 어떠했는지도 기억나지 않는다. 미음, 야채죽, 고기죽……. 분명 내 손으로 준비한 것들이었는데도 나는 기억할 수 없다.

몸에 연결되어 있던 줄들을 하나씩 빼고 꿰매었기에 퇴원이 가능했을 터이고 조금씩 식사량을 늘려갔기에 지금과 같은 정상적인 식사가 가능한 것일 텐데도 나는 왜 그 모든 것이 꿈처럼 여겨지는 것일까? 아무리 생각해도 내가 실제로 겪지 않고 어디선가 엿보았던 것처럼 모호한 이미지와 단편적인 장면들만 떠오를 따름이다.

심지어, 어떻게 이 모든 일들이 가능했는지도 의문일 지경이다. 어떻게 남편의 새로운 간을 구했고, 어떻게 그 모든 비용을 마련했으며, 또 어떻게 내가 지금 이곳에 누워 있게 되었는지……. 그리하여 지금 이 순간마저도 꿈인 듯 여겨지는 나날들 속에서 오로지 명확하게 떠오르는 것은 잠, 잠, 잠의 유혹일 뿐.

입원 기간 내내 수면 장애에 시달렸던 남편 옆에서 나

역시 제대로 잠을 잘 수가 없었다. 그가 덥다고 하면 나도 더웠고 숨이 막힌다고 하면 나도 숨이 막혔다. 배가 아프다고, 어깨가 아프다고, 온몸이 다 아프다고 그가 호소할 때면 나는 귀가 먹먹해지고 머리가 지끈거렸다.

겨우 한숨 눈을 붙이려 들면 그가 또다시 진통제를 요구해서 간호사실을 들락거리고 열이 난다고 말해서 얼음주머니를 챙겨주고……. 그러다 보면 잠은 저만치 달아났다가 또 불시에 엄청난 무게로 나를 덮쳐오곤 했다. 수시로 수면제를 찾는 이를 돌보면서 수시로 잠의 유혹과 싸워야 했던, 잔인한 시간이었다.

그러나 남편이 퇴원을 하고 순조롭게 회복되자 나는 오히려 잠을 이룰 수가 없었다. 이제 원없이 잘 수 있겠다 생각하며 편히 누워도 잠은 좀처럼 내게 찾아오지 않았다. 설핏 잠이 들어도 꿈과 현실이 헛갈리면서 곧 깨어나곤 했다. 남편을 떠난 불면증이 내게로 옮아온 것만 같았다.

눈을 질끈 감아보기도 하고 심호흡을 해보기도 하고……. 누워서 뒤척이며 갖가지 방식으로 잠을 청해보아도 소용이 없었다. 잠을 이루는 법을 잊어버린 사람처럼, 아니, 아예 잠자는 법을 모르는 사람처럼 허둥대기만 했다. 그토록 나를 유혹하던 잠이 대체 어디로 사라졌는지

의아할 따름이었다.

"마취약 들어갑니다."

간호사의 목소리가 달콤하게 들려온다. 드디어 시작이다. 지금 이 순간만큼은 깊은 잠에 빠져들 수 있을 것이다. 초음파 기구가 내 몸 깊은 곳을 휘젓든 말든. 가늘고 긴 바늘이 사정없이 질을 찌르고 난소를 찔러 나의 난자를 뽑아내든 말든.

그 사람도 이렇게 잠들었겠지?

혈관을 타고 약 기운이 퍼지는 느낌에 사로잡히면서 나는 또 어쩔 수 없이 한 사람을 떠올린다. 아마도 남자로 추정되는 사람. 아마도 내 남편과 비슷한 체격이었을 사람.

가능하면 그 사람을 떠올리지 않으려 애쓰며 살고 있지만, 이 순간만큼은 불가항력이다. 행여라도 시술 중에 움직일까 봐 손과 발이 묶인 채 누운 상태로, 환한 불빛 아래 두 다리를 치욕적으로 벌리고 누운 상태로, 곧 나의 의식이 흐려질 것을 예감하면서 어떻게 그 사람을 외면할 수 있을 것인가.

그에 대해 아무 것도 알지 못하고 얼굴 또한 본 적이 없으므로 오로지 추상적인 관념으로만 떠오르는 사람. 그러나 내가 그토록 극진히 간호했던 남편의 몸속에 구체적인

하나의 장기로 안착해 살아 있는 사람.

그가 어떤 방식으로 떠났는지는 모르지만, 모쪼록 그
과정에서 고통이 없었기를 바랄 뿐이다. 지금 나처럼 굴욕
적인 상태였다고 해도, 결국엔 나처럼 아무 것도 모른 채
의식을 잃어버렸기를.

벌써 네 번째. 난자 채취실에 누울 때마다 나는 어쩔 수
없이 이렇게 그 사람을 생각한다. 그러나 평소에 허를 찔
리듯 그 사람 생각에 빠져들 때와는 다른 기분이다. 그에
게 묘한 동질감을 느끼면서 오히려 마음이 편안해지고 있
으니…….

편안해진 마음과 느즈러진 몸 사이로 무언가 찾아오는
조짐이 느껴진다. 이내 울렁거리며 나를 덮쳐오는 이것은
잠, 잠, 잠이다. 깊고 거센 강물처럼 거역할 수 없는 힘에
나는 기꺼이 몸을 던진다. 달콤한 항복에 내 몸을 맡긴다.

"여기 병원인데, 한 시간쯤 뒤에 찾아가도 괜찮을까?"

한껏 작게 말했지만 커다란 회복실 안에 내 목소리가
메아리처럼 울리는 것 같다. 나 혼자만 소리를 내는 것도
아니건만.

신음소리, 한숨소리, 낮은 울음소리, 혹은 어딘가에 전

화를 하는 목소리……. 그 모든 소리들로 짐작컨대 이곳에는 난자 채취를 했거나 수정란을 이식 받은 여자들이 누워 있는 것 같다. 그러니까 방금 내 몸에서 빠져나간 난자들도 시험관에서 알 수 없는 누군가의 정자를 만나 수정란이 되어 며칠 후 이곳에 도착할 것이다. 알 수 없는 누군가의 자궁에 이식된 상태로.

지금 이곳에는 대체 몇 명의 여자들이 누워 있는 걸까? 침상을 둘러싸고 있는 커튼을 걷어내고 싶은 충동에 나는 윗몸을 일으킨다. 그러나 어지러움이 몰려들어 다시 누울 수밖에 없다.

회복실에서 우는 여자들 중에 실제로 몸이 아픈 경우는 많지 않을 거라고 친구는 말해주었다. 불임 때문에 생긴 마음의 상처로 만감이 교차해서 훌쩍이는 여자들이 더 많을 거라고.

어쨌거나 지금 내 몸은 무사하다. 수면 마취도 성공적으로 끝나서 아무 기억이 나지 않는다. 다행히 매번 그랬다. 그래서 매번 난자 채취가 끝나면 회복실에 지루하게 누워 있다가 친구에게 전화를 하곤 했다. 채취 직전에 매번 그 사람이 생각나듯 채취 후에는 또 매번 그 친구가 생각났다.

"응, 괜찮아. 오늘은 좀 늦게 끝났구나. 무리하지 말고 천천히 와."

작아진 내 목소리에 맞춰 친구도 작은 소리로 말한다. 굳이 그러지 않아도 되는데 친구는 그게 무슨 배려라도 되는 듯 매번 그랬다. 낯선 나라에서 전화했을 때도 마찬가지였다. 작은 목소리로 빠르게 말해야만 했던 그때.

"수술 잘 끝났어. 걱정 말고, 여기선 우리말을 하면 안 되니까 먼저 전화하지 마."

"아, 정말 다행이다. 명절 직전에 사형 집행을 많이 한다더니, 드디어 적당한 사람이 나타났나 보구나."

내 목소리를 따라 친구도 작고 빠르게 말했다. 저절로 은밀해질 수밖에 없는 목소리였다. 사형수의 장기를 이식받는 것은 그 나라에서 합법이었지만 외국인에게는 예외였다. 각종 서류를 꾸며 그 나라 사람으로 위장한 우리를 병원 내에서 눈감아준다 해도 보란 듯이 우리말을 쓸 수는 없었다.

친구와의 짧은 통화를 끝내자마자 나는 남편에게 다가가 귓속말을 했다. 무슨 내용의 말이었는지는 기억나지 않는다. 그저 우리말을 계속 하고 싶은 마음에 아주 오랫동안 주절주절 귓속말을 했다는 것만 떠오를 뿐이다.

그때 나는 이미 낯선 나라의 낯선 언어에 멀미가 난 상태였다. 아니, 어쩌면 우리가 처해 있던 상황 자체에 멀미가 나 있었는지도 모른다. 남편에게 적합한 간을 기다리느라 우리는 두 달 가까이 그곳에 머물고 있는 중이었다.

난생 처음 가본 그 낯선 나라에서의 기억은 그렇게 기다림으로 점철되어 있다. 민박집에 머물며 하릴없이 관광이나 하면서 수술을 기다리던 나날들. 마침내 병원의 연락을 받고 달려갔으나 허탕을 치고 돌아온 일이 두 번 반복되면서 금식, 관장, 링거로 이어지는 대기 과정도 세 번이나 겪어야 했고…….

이 정도는 여기서 흔한 일이라고 애써 위안하는 것밖에는 방법이 없었다. 체격이나 체질이 비슷한 사람인 듯해 수술 준비에 들어갔으나 막상 그의 배를 열어보니 상태가 좋지 않았다는데 어쩌겠는가. 그저 또 기다리는 수밖에.

"안 좋은 간을 받아서 나중에 힘든 것보다는 훨씬 낫겠지. 좀 더 기다려 보자고."

"피를 흘리는 시간이 적을수록 간의 질이 좋다잖아. 이번엔 사실 너무 시간을 낭비했어. 다음엔 싱싱한 상태로 받아서 잘 될 거야."

남편과 나는 그렇게 서로에게 위로의 말을 건네면서 기

다림의 시간을 견뎠다. 낯선 나라의 낯선 도시를 구석구석 돌아다니기도 하면서……. 그러나 남편에게는 그 나라가 전혀 낯선 곳이 아니었다.

"커다란 땅덩이가 나를 기다리고 있어. 엄청난 기회가 거기서 기다리고 있어."

남편이 흥분해서 외치던 게 벌써 10년도 훨씬 더 지난 일이니 그에게는 어쩌면 그 나라가 인생의 절정을 묻어둔 곳이기도 할 것이다.

작지만 탄탄한 회사에서 차근차근 자리를 잡아가던 남편에게 다가왔던 기회. 그는 행여 그것을 놓칠세라 밤새워 낯선 나라의 말을 익혔고, 마침내 그 나라로 떠났고, 새로 세워진 현지 공장에서 쉴 새 없이 일했다.

그리하여 예전보다 훨씬 더 많은 돈을 내게 가져다주었지만 그만큼 자신의 건강은 잃어야만 했다. 그리고 마침내 그곳에서 잃은 건강은 그곳에서 되찾아야 한다는 듯, 그곳에서 번 돈은 그곳에서만 써야 한다는 듯, 우리는 함께 그 나라에 있었다. 무겁고 지루한 기다림 속에서.

"난자는 열세 개 채취됐어요."

지루함을 깨뜨리며 간호사가 다가온다. 회복실 안은 어느덧 조용해져서 한숨 소리조차 들리지 않는다. 남은 사람이 얼마 되지 않는 모양이다.

"별다른 증상이 없으면 이제 나가셔도 괜찮아요."

내 다리 사이에서 솜뭉치 같은 걸 빼내면서 간호사는 무심히 말한다. 나 역시 그녀의 손길에 무심히 몸을 맡긴다.

열세 개. 지난번 보다는 적은 숫자지만 이 정도면 괜찮을 것이다. 내가 원하기만 한다면 다음 기회를 또 얻을 수 있을 것이다. 애써 확신하면서.

나와 함께 탈의실을 나선 여자의 뒷모습을 잠시 바라본다. 밖에서 기다리고 있던 사람은 아마도 그녀의 남편인 듯하다. 그에게 의지해서 여자는 천천히 수납 창구로 향한다.

친구는 몇 번이나 저렇게 시술비를 납부했을까? 어떤 시술을 몇 번이나 받았길래 내게 이런 일을 알선할 만큼 병원과 밀접한 관계가 되었을까? 불현듯 궁금해지는 순간이다.

어쨌든 나와는 상관없는 일. 나는 수납 창구로부터 돌아서서 휴대폰을 꺼내 든다. 그리고 남편에게 전화를 해서 약 먹을 시간을 챙긴다. 지금 내가 여기에 서 있는 이유를 잊어서는 안 된다.

간 이식 수술의 가장 큰 부작용은 거부 반응이므로 면역 억제제를 꼭 챙겨야 한다. 새로 얻은 간을 적으로 인식해서 면역 반응이 나타나면 안 되기 때문이다. 하지만 나는 남편이 약을 먹을 때마다 섬뜩하다. 저 약 덕분에 타인의 간을 무리없이 받아들이고 있지만, 더불어 수많은 세균들도 무방비로 받아들이고 있을 테니…….

그나마 최근엔 면역 억제제의 용량을 줄였으므로 초기에 비하면 감염의 우려가 덜하긴 하다. 이제 집안에서는 마스크도 쓰지 않는다. 하지만 스스로의 몸을 지키려는 힘을 약으로 억눌러야 한다는 건 여전히 몸서리쳐지는 일이다. 그것도 평생을.

아이가 어렸을 때부터 면역력을 키워주려고 나는 얼마나 노력했던가. 온갖 건강식품을 챙겨 먹이고 갖가지 운동을 시켜가며 웬만하면 약은 먹이지 않으려고 애썼지만 아이는 툭하면 감기에 걸리곤 했다. 그래도 중학생이 되면서 예전보다 많이 나아져 다행이긴 한데 그토록 힘들게 키워낸 면역력도 면역 억제제만 먹으면 꺾여버린다니 얼마나 허망한 일인지.

하긴, 어렵사리 면역력을 키워가며 아이를 길러내도 허망하긴 마찬가지다. 사춘기에 접어든 아이는 기껏 키워준 면역력을 나에게 발휘하며 저항하고 있으니…….. 내가 무슨 적이라도 되는 듯, 자기 몸을 공격하는 세균이라도 되는 듯.

어디서부터 잘못됐는지 모르겠다. 아이가 백일이 지나자마자 친정에 맡겨 키운 게 문제였을까? 애초에 너무 이르게 임신을 한 게 문제였을까?

어쨌거나 나는 최선을 다했다. 육아 휴직이 끝나자마자 젖몸살을 앓으면서도 야근을 했고 휴일 근무도 마다하지 않았다. 그럼에도 불구하고 결국엔 밀려나면서도 명예 퇴직금을 받게 되었으니 다행이라 여겼다. 그 무렵에 급등한 전세금으로 퇴직금이 몽땅 쓰였어도 그것마저 없었으면 어쨌겠냐는 생각으로 버텼다.

직장을 잃은 대신 아이 교육에 몰두할 시간이 생겼음을 기뻐하면서 아이의 학교로 학원으로 뛰어다녔던 시간들. 때맞춰 낯선 나라로 떠난 남편이 돈을 보내오기 시작해 치솟는 전세금이며 아이 교육비 걱정을 하지 않아도 되어 그저 감사했던 시간들. 그 모든 시간들을 나는 그저 열심히 긍정적으로 살아온 기억밖에 없다.

그런데 왜 이렇게 되어버렸을까? 마구 뒤엉켜버린 실타래처럼 엉망이 되어버린 것일까?

내 품에 안겨 젖을 먹던 아이, 내가 직장 일에 매달려 있는 동안 첫걸음마를 뗐던 아이, 내게 악담을 퍼붓는 아이, 옹알이를 하던 아이, 책상에 엎드린 아이, 나를 거칠게 밀쳐내는 아이, 우등상을 받고 기뻐하던 아이, 방문을 쾅 닫아버리는 아이, 부서져라 벽을 치는 아이…….

어지럼증이 몰려온다. 제대로 걷기 힘들 만큼 어지럽다. 인도에 내놓은 편의점 의자를 향해 나는 비틀거리며 걸어간다.

아이가 나를 밀어내는 만큼 나도 이제 아이와 마주하고 싶지가 않다. 병원을 나서면서 집으로 선뜻 향하지 못하는 이유도 어쩌면 아이 때문인지 모르겠다. 아이의 얼굴을 보는 것이 두렵고 싫다.

편의점의 냉장고에서 꺼낸 이온 음료는 지나치게 차갑다. 배가 아픈 것 같다. 마취에서 깨어날 무렵에 내 몸 어딘가 희미하게 아팠던 기억이 난다. 생소한 아픔이 느껴졌던 그 애매한 부위가 바로 아랫배 깊숙한 곳, 난소라는 것을 이제 알겠다.

그동안 너무 짧은 시간에 여러 번 채취를 한 게 아무래도 마음에 걸린다. 오늘은 난자가 많이 나오지 않았지만 복수가 찰 수도 있겠다는 생각에 나는 이온 음료를 벌컥벌

컥 들이킨다. 숨쉬기도 힘들 만큼 배가 불러와 응급실로
실려 가던 남편의 모습을 애써 지워가면서.

내 손으로 나의 배에 주사를 놓을 때에도 그게 가장 걱
정이었다. 나중에 이 배가 불러오면 어떡하나, 남편처럼
복수가 가득 들어차면 어떡하나…… 걱정 때문에 바늘이
배를 찌르는 아픔조차 느낄 수 없었다.

한 달에 하나씩만 자라야 할 난자를 호르몬 주사로 수
십 개까지 키워내다 보면 부작용이 생기는 게 당연할 것도
같았다. 비정상적으로 많이 생겨난 난자들이 빠져나간 자
리에 비정상적으로 체액이 들어차는 것이 어쩌면 정상일
지도 모를 일이었다.

월경이 시작된 뒤 매일 내 손으로 배에 주사를 꽂으면
서, 난자 채취를 앞두고 수시로 병원에 들러 질 초음파로
난포의 숫자와 크기를 확인하면서, 나는 복수로 괴로워하
던 남편의 모습을 잊으려고 애쓰고 또 애썼다.

"우리 몸 안의 어디에서 그렇게 많은 물이 생겨나는 걸
까? 간에 이상이 있을 때는 혈관 속의 수분이 빠져나오는
거라던데, 난자 채취 때는 몸 안에서 대체 무슨 일이 일어
나는 건지…… 제발 복수만 안 찼으면 좋겠어."

첫 난자 채취를 앞두고 두려워하는 내게 친구는 차분한

목소리로 말해주었다.

"괜찮을 거야. 난소 과자극 증후군은 호르몬제에 반응을 너무 잘해서 지나치게 많은 난자가 생길 때 주로 나타나거든. 우린 이제 그럴 나이는 지났어."

"그렇구나. 나이가 많은 게 꼭 나쁘지는 않네. 난자가 늙어서 선호도는 떨어지겠지만."

"그 대신 넌 건강하잖아. 외모도 좋고, 학벌도 좋고, 아들 낳은 경험도 있으니 선호도가 떨어질 이유는 없어. 어차피 나이가 많아서 생기는 문제들은 다 걸러지거든. 수정란 상태에서부터 등급 나쁜 건 제외하고, 임신 중에도 양수 검사로 문제를 알아낼 수 있으니까."

"임신 중에 검사라면, 문제가 있을 경우에 어떻게 해? 없애는 거야?"

나도 모르게 목소리가 높아졌다. 하지만 친구는 더욱 차분해진 목소리로 말했다.

"없애야지. 너 같으면 낳겠니?"

뒷덜미가 서늘해질 만큼 차가운 친구의 목소리에 나는 더 이상 아무 말도 할 수 없었다. 그 경우에는 낙태가 불법인지 아닌지도 더 이상 궁금하지 않았다. 어차피 합법, 위법, 탈법 따위의 단어는 내게 무의미했다. 간 이식 수술을 위해 인터넷의 후미진 곳을 뒤져보던 그때부터 이미.

"간을 떼어줄 수 있는 사람이 어떻게 하나도 없는 걸까?"

"뇌사자 장기 기증이 얼마나 부족하면 이렇게 까마득히 대기해야 하는 거야?"

그렇게 투덜거리며 불평할 여력조차 없던 때였다. 이 나라에서 법을 피해가며 가짜 가족을 만들어 부분 간 이식을 할 것인가, 더 많은 비용이 들지만 전체 간 이식이 가능한 나라로 떠날 것인가, 결정하는 것만으로도 힘에 부쳤다.

어쨌거나 가짜 가족을 만드는 데에도, 낯선 곳으로 가서 그 나라 사람인 양 행세하는 데에도, 돈이 필요했다. 수술비용 자체는 말할 것도 없었다. 결국, 돈 때문에 법은 더 이상 생각나지 않았다.

마찬가지로 지금도 법은 내게 무의미하다. 법을 의식하면 돈을 벌 수 없다. 불임 센터에 들어서는 순간부터 모두 잊어야만 한다. 법도 윤리도 양심도……. 그 결과, 이렇게 휘청거리며 길을 걷고 있다고 해도.

"괜찮아?"

"아니. 안 괜찮아."

자리에 누운 채로 친구는 담백하게 대답한다. 뜻밖에도 그녀는 조기 진통으로 유산을 하고 누워 있었다. 쌍둥이를 한꺼번에 잃었는데도 나한테 연락조차 안 했다는 게 처음엔 괘씸할 지경이었다. 하지만 하얗게 질려 있는 친구의 얼굴을 보자 아무런 말도 할 수가 없었다. 위로 받으러 왔다가 위로를 해야 할 처지가 되니 정말 아무 말도 떠오르지 않았다. 그저 괜찮냐고 묻는 말밖에는.

임신 확률을 높이려고 수정란을 너무 많이 이식 받은 게 가장 큰 문제였을 것이다. 하지만 세쌍둥이를 기꺼이 낳을 생각을 했다면 또 괜찮았겠지. 출산 때까지 셋 다 건강하기는 힘들 거라고 한 아이를 유산시킨 것이 어쩌면 더 큰 문제였는지도 모른다.

선택 유산을 했던 임신 8주 때, 마취도 안 하고 초음파를 보면서 바늘로 한 아이의 심장을 찌르더라고 친구는 말해주었다. 뱃속에 남은 두 아이는 이제 더 튼튼하게 자랄 수 있을 거라고 담담히 덧붙이기도 했다. 지금도 친구는 담담해 보인다. 하지만 임신 20주에 세 아이를 모두 잃고서 결코 담담할 수는 없는 법.

"넌 괜찮지?"

아무렇지도 않아 보이는 친구가 걱정돼 물끄러미 바라
보고 있노라니 오히려 그녀가 내게 묻는다.

"오늘은 배가 좀 아픈데, 견딜 만해."

"곧 괜찮아질 거야. 넌 건강하잖아. 이온 음료는 마셨
니?"

친구의 말에 나는 가방을 끌어당긴다. 먹다 남은 이온
음료를 내가 꾸역꾸역 마시는 동안 친구는 중얼중얼 말하
기 시작한다.

"또 시도하면 돼. 이번엔 생기는 대로 다 낳을 거야. 세
명이든 네 명이든 뱃속에서 어떻게든 크겠지. 그래서 부실
하게 태어난다 해도 그건 걔네들 운명일 거고, 또 어떻게
든 다 살아질 거야. 우리 아버지를 좀 봐. 위를 다 잘라내
고도 이렇게 오래 사실 거라고는 예상 못했었잖아. 사람의
몸은 참 신기해서 다 적응을 하더라고."

아버지 간병하느라 어머니가 너무 힘들어하신다며 속
상해하던 친구였다. 인위적인 힘으로 생명을 연장하면 주
변 사람들이 힘들어진다면서 내 남편의 간 이식 수술에도
부정적이었던 그녀였다. 순리대로 살던 시절이 오히려 더
행복했던 것 같다면서…….

그런 친구가 시험관 시술을 또 하겠다고 한다. 이런 일

까지 겪었으면 포기할 만도 한데 오히려 더 전투적으로 의학에 몸을 맡기겠다고 한다. 불임 센터를 드나들며 임신 시도와 실패를 거듭하면서 친구에게 대체 무슨 일이 일어난 것일까?

자식 낳아봤자 소용없어. 애물단지만 안 되면 다행이지. 이만큼 키워보니까 자식은 평생 지고 가야 할 짐 같아.

입 안에서 맴도는 말들을 나는 애써 삼킨다. 간 이식 수술을 위해 낯선 나라로 떠날 때, 친구가 내게 했던 말과 다를 바 없을 것 같아서였다.

"의학이 발달한다고 사람들이 모두 행복해지는 건 아닌 것 같아. 결국 돈이 없으면 생명 연장의 혜택도 누릴 수 없잖아. 주변 사람들은 더 힘들어지는 경우도 많고……."

생각보다 비용이 너무 많이 드는 것 같고 투병 중인 아버지 생각도 나서 그런 말을 했다지만 나는 그때 친구가 야속하게 여겨졌었다. 지금 내가 하고 싶은 말도 내 진심과는 달리 친구를 서운하게 할 게 분명하다. 이럴 땐 그저 침묵하는 수밖에.

"이번엔 꼭 될 거야. 어떻게든 해낼 거야. 저 장난감들이 기다리고 있으니까."

전의를 가다듬듯 말하면서 친구는 거실 한쪽을 가리킨

다. 벌써 포장까지 다 뜯어 정리해놓은 장난감들이 내 눈에는 아무래도 세쌍둥이의 유품처럼 보인다. 하지만 장난감들의 주인을 낳고야 말겠다는 친구의 마음을 알기에 나는 가까이 다가가며 그것들을 자세히 들여다본다.

"아이들이 좋아하는 걸로 잘 골랐네. 이 블록이랑 레일은 우리 애도 정말 좋아해서 아직까지 갖고 있어."

"그래? 그럼 우리한테 물려줘. 블록이나 레일은 많을수록 좋다던데……."

친구는 눈을 반짝이며 자리에서 일어나 내게 조른다. 지금 이 집에 아이들이 있기라도 한 것처럼.

"그런데 이것처럼 품질이 좋은 건 아니야. 플라스틱 블록이나 원목 기차 레일이 다 똑같아 보여도 메이커가 달라서 나름대로 등급이 있거든. 게다가 우리 애가 많이 만져서 너무 낡았을 거야."

친구의 집착에 힘을 실어주기 싫어서 슬쩍 몸을 빼본다. 하지만 그녀는 막무가내다.

"괜찮아. 네 아들이 쓰던 거니까 그걸로 득남 기운 좀 받아보자. 메이커가 달라도 호환은 되는 거지?"

"되긴 하는데…… 아무래도 매끄럽지 않지. 연결할 때 뻑뻑해서 좀 힘들 거야."

"그 정도는 상관없어. 아껴 쓰고, 나눠 쓰고, 바꿔 쓰고, 다시 쓰자고 요즘 다들 얘기하잖아."

친구는 과장된 웃음소리를 섞으며 말한다. 나도 호응하며 웃으려 애써본다. 하지만 쉽지가 않다. 가까스로 씁쓸한 미소만 지어보일 뿐.

난자는 너의 것이었냐고 끝내 묻지 못했다. 난자 매매를 시작하면서 친구의 시험관 아기 시술에 대해서는 더 이상 묻지 않고 있었다. 그녀도 예전처럼 자세히 말하고 싶지 않은 눈치였다. 그러나 오늘은 유독 그게 궁금했다. 그녀의 난자는 이상이 없는지…….

지나치게 임신에 집착하는 모습 때문이었는지도 모르겠다. 무엇보다도 그녀가 난자의 수요와 공급에 대해 자세히 알고 있다는 게 마음에 걸렸다. 하지만 무슨 상관이랴. 끝까지 비밀을 지킬 수 있다 해도, 묻지 않는 게 더 나은 질문도 있는 법이다.

어쨌든 지금 이 시간에도 많은 사람들이 무언가를 이식하거나 이식 받고 있을 것이다. 남의 것을, 혹은 자신의 것을. 부분적으로, 혹은 전체적으로.

생각해보면 임신 또한 그랬다. 내 것인 듯, 혹은 내 것이 아닌 듯. 일부분인 듯, 혹은 전부인 듯. 무언가 생소한 것이 내 몸 안에 생겨나 나를 괴롭히다가 세상으로 이식해 나갔다. 그리고 그 결과가 저기에 있다. 자식, 혹은 애물단지로.

"나, 학교 그만두면 안 돼?"

엄마 목소리도 듣기 싫다고 언젠가 저 아이는 말했다. 그 말을 지금 돌려주고 싶다. 이젠 네 목소리도 듣기 싫다고.

"학교 그만두고 싶다니깐!"

"맘대로 해. 언젠 네가 엄마 말 들었니? 그래도 중학교는 졸업하자고 말하면 네가 들을 거냐고."

아이의 눈이 커지는가 싶더니 이내 매섭게 나를 쏘아본다. 그래, 차라리 이게 낫다. 삶의 이유를 모르겠다는 듯 무기력한 모습으로 늘어져 있는 것보다는.

시키는 대로 곧잘 하던 공부에 갑자기 염증을 내면서 아이의 사춘기는 시작되었다. 무엇보다도 아이는 나에 대해 못마땅해 했다. 내가 시키는 건 뭐든 격렬하게 대들고 반대했다. 그러다가 또 세상 모든 것이 귀찮다는 듯 이불을 뒤집어 쓴 채 꿈쩍 않기도 하고…….

"대체 왜 저러는 걸까? 왜 저렇게 혼자 유난을 떠는 거야?"

아이가 소리 내어 닫아 건 방문을 바라보다가 나는 언니에게 전화를 걸곤 했다. 사춘기 따위는 모른다는 듯 얌전하게 자란 조카들을 부러워하면서.

"너도 유난스럽게 애를 키웠잖아. 유난히 교육열도 높았고, 아빠랑 떨어져 지낸다고 유난히 애를 챙기기도 했었고……. 그래서 걔가 더 독립하고 싶은 거겠지. 너도 계속 애를 품고 살 수는 없어. 이제 모내기든 분갈이든 해야 할 시기야."

"그래도 꼭 저런 식이어야 해? 아빠가 피를 토하는 걸 봤던 날에도 나한테 성질부리다가 물건을 집어던진 녀석이야. 자기 생각만 하는 놈이라고."

"속으로는 두렵겠지. 두려워서 겉으로 더 그러는 걸 거야. 그 두려움을 뚫고 독립하려니 얼마나 힘들겠어? 그저 만만한 게 엄마라서 그러니까 네가 이해해줘. 그렇게라도 스스로 떨어져 나가겠다는 건 오히려 건강하다는 증거일 거야."

그러나 언니의 위로는 나의 억울함을 더욱 자극하기 일쑤였다. 애틋해서 정성을 다해 키운 게 무슨 잘못일까? 유난히 챙겨주고 유난히 돌보아준 게 대체 무슨 죄일까?

돌이켜보면 태아일 때부터 유난했던 아이였다. 임신 기간 내내 입덧에 시달리고, 세상의 모든 냄새에 민감해지고, 묵직한 것이 가슴에 걸린 듯 소화를 못 하고, 수시로 다리에 쥐가 나고 느닷없이 귀가 먹먹해지고……. 나를 그렇게 변화시키면서 아이는 자신의 존재를 알렸다. 엄마 뱃속에 있지만 자신은 엄연히 독립된 생명체라는 걸 웅변하는 것 같았다.

하지만 막상 태어나서는 내 몸의 일부분인 듯 내게만 의존했던 아이였다. 엄마만 찾으면서, 엄마가 잠시 보이지만 않아도 울면서, 엄마가 기뻐하면 뭐든 해낼 것 같았던 아이.

어쩌면 지금 이 아이의 모습이야말로 내가 살아오면서 가장 믿을 수 없는 존재이자 현상인지도 모르겠다. 도대체 나는 언제 이 아이를 이렇게 키워놓은 것일까? 이 아이는 어쩌다가 이렇게 내 의도와는 전혀 다른 모습으로 자라난 것일까?

세상에는 정말 불가사의한 일들이 많다. 지금 아이의 모습을 불과 몇 년 전에는 상상조차 할 수 없었다. 하긴, 지금 남편의 모습이나 내 모습도 마찬가지겠지. 그러니, 세상을 가늠하고 세상사를 이해하려고 애쓸 필요는 없다.

불가사의한 힘에 떠밀려가지 않도록 중심을 잡는 것만으로도 벅찬 노릇이니.

"이건 이제 정리하자. 엄마 친구네 아기한테 주면 잘 쓸 거야."

아이 방의 벽장에서 플라스틱 블록과 원목 기차 레일을 꺼낸다. 가뜩이나 좁은 집으로 이사하면서 다 정리해 버리고 싶었지만 아이가 반대해서 여태 보관하고 있던 장난감들.

"그건 안 된다고 했잖아."

예상대로 아이는 거친 목소리로 반항한다. 그러고 보니 집을 줄여 이사할 때부터 아이의 반항이 더 심해진 것 같다. 그전까지는 단지 공부에서 손을 놓았을 뿐이었는데 말이다.

"왜 안 돼? 이젠 갖고 놀지도 않잖아. 이딴 걸 평생 끼고 살 거니?"

아이의 말을 무시하며 나는 커다란 상자 속에 블록과 레일을 담는다. 플라스틱과 원목이 부딪치는 소리가 요란하다.

"학원 다니고, 숙제 하고, 엄마가 시키는 대로 다 하면서도 유일하게 내 맘대로 할 수 있었던 게 이거였어. 내 맘대로 끼우고 연결해서 내가 원하는 걸 만들 수 있었다고."

아이는 이를 갈 듯 말한다. 나도 목소리를 깔며 대꾸
한다.

"이젠 학교마저 안 가겠다니 이거 말고도 네 맘대로 다
할 수 있겠네. 그러니까 이건 필요없지?"

아이가 노려보는 걸 무시하며 벽장문을 닫으려다가 나
는 구석에서 무언가를 발견한다. 트럭과 불도저와 오토바
이가 하나의 로봇으로 바뀌는 삼단 변신 합체 로봇. 아이
가 한때 미친 듯이 몰두했던 장난감이다. 블록 형태로 되
어 있어 특히 더 좋아했던…….

"어떻게든 바꾸고 와요."

벽장 구석으로 몸을 굽혀 변신 로봇을 집어드는데 불쑥
의사의 말이 떠오른다. 간을 이식해줄 가족이 없다고 하자
막무가내 그렇게 말하던 남편의 주치의.

"어떻게든 바꾸고 오면 여기서 계속 케어해줄 수 있어
요. 하지만 지금 이 상태로는 진료 불가능입니다."

생체 이식에 적당한 가족도 없고 뇌사자 이식 대기 순
서는 까마득한 상황에서 어떻게든 간을 바꾸고 오라는
그 말은 얼마나 비현실적으로 들렸던가. 이 변신 로봇만
큼이나.

"이것도 필요 없지? 너도 이제 이런 거에 마음 둘 나이는 지났어."

나는 아이의 대답도 듣지 않고 삼단 변신 합체 로봇을 상자에 던져 넣는다. 그리고 보란 듯이 상자를 들고 성큼성큼 아이의 방을 나선다. 들으란 듯이 현관문을 쾅 닫고 집밖으로 나선다. 주체할 수 없는 힘에 떠밀려 쓰레기 집하장까지 한달음에 도착한다.

모든 것을 쓰레기통에 처박고 돌아서는 길. 산책 나갔던 남편이 돌아오는 모습이 저 멀리 보인다. 나는 걸음을 멈추고 그를 기다린다. 빈 상자의 무게를 느끼며 그를 기다린다. 그는 아직 나를 발견하지 못한 듯하다. 긴 하루가 저물고 있다.

어느새 수술 후 1년. 그는 건강하다. 나도 건강하다. 우리 가족은 무사하다, 아직까지는.

카메라 루시다

"스마일!"

환청처럼, 아득한 목소리가 들려온다. 그러나 분명 환청은 아니다. 휴대폰을 눈앞으로 들어 올려 양쪽 옆면을 살펴보고 뒤집어도 보는 사이에 어김없이 들려오는 소리, 차르칵.

기억이 몸을 뒤챈다. 그녀는 한순간 호흡을 멈추며 기억을 헤집는다. 몇 번이나 반복되었지만 매번 정체를 파악할 수 없었던 소리. 하지만 오랜 기억 속에 분명히 존재하고 있는 소리. 차르칵. 이제 알겠다. 순식간에 무언가 닫혔다 열리는 소리. 그녀는 그 소리를 기억 속에서 정확하게 집어 올린다.

작은 꽃바구니를 들고 신부의 들러리가 된 그녀는 여섯

살, 혹은 일곱 살.

외삼촌의 결혼식은 외갓집 마당에서 서양식으로 화려하게 치러졌다. 그녀가 입었던 하얀 옷이 한복이었는지 드레스였는지는 그녀는 명확히 기억할 수 없다. 그날, 그녀를 바라보던 아버지의 흐뭇한 미소만이 아직도 그녀의 기억 속에서 또렷할 뿐.

그리고 또한 그 소리. 낯선 아저씨가 들고 있던 검은 사각형의 물체에서 흘러나오던 소리. 묵직해 보이는 기계에 어울리지 않던 그 날렵한 소리. 찰칵, 혹은 차르칵.

그 결과물은 어디로 사라졌을까? 아마도 그녀 생애 첫 사진이었을 그것은 어디에도 없다. 이 세상에 존재했었는지조차 그녀는 알지 못한다. 들러리를 서는 그녀의 모습은커녕 단체 사진 속의 얼굴조차 남아 있지 않은 그날의 결혼식은, 어쩌면 꿈이 아니었을까? 하지만 그러기에는 너무도 또렷한 카메라 셔터 소리. 너무도 선명한 아버지의 미소.

아버지는 맏딸인 그녀에게 어여쁜 이름을 지어주었고 학교에도 보내주었다. 일제 치하라 일본어로 공부해야 했지만 그녀는 세일러복을 입고 뽐내며 학교를 다녔다. 그렇게 국민학교를 다닌 지 2년 만에 해방이 되었다. 이제 막

열 살을 넘긴 그녀에게는 우리말로 공부할 수 있게 되었다는 사실 이외에는 별다른 변화가 느껴지지 않는 사건이었다. 그녀가 자신에게 닥쳐올 엄청난 변화의 기미들과 마주치게 된 것은 그로부터 3년이 흐른 뒤였다.

그해 봄, 상급반 학생들은 북쪽 마을로 수학여행을 떠났다. 그녀를 포함한 대부분의 학생들이 난생 처음 남쪽 마을을 벗어나는 기회였다. 그들이 살고 있는 섬의 한가운데에는 거대한 산이 있었다. 남학생들은 걸어서, 여학생들은 버스를 타고 그 산을 넘는 동안 모두가 한껏 들떠 있었다. 그러나 그들은 북쪽 마을에 도착하자마자 어느 학교 건물 안에 갇혀버리고 말았다. 꼬박 사흘 동안의 감금이었다.

처음에 그들은 단지 북쪽 마을을 구경하지 못하는 것이 불만이었다. 하지만 시간이 흐를수록 차츰 집으로 돌아갈 수 있을지 걱정이 되기 시작했다. 학생들을 인솔한 선생님의 표정은 점점 더 어두워졌고 학교로 찾아온 경찰은 점점 더 딱딱한 말투로 선생님과 이야기를 나누었다. 늘 북쪽에 있었던 거대한 산이 남쪽에 있다는 사실만으로도 그녀는 불안했다. 그래서 마침내 남녀 학생 모두 트럭을 타고 남쪽 마을로 돌아왔을 때, 그녀는 북쪽에서 버티고 있는 거대한 산을 바라보고 또 바라보았다.

북쪽의 산, 남쪽의 바다, 그리고 아버지와 어머니. 모든 것이 제자리에 있는 집에 돌아와 그녀는 비로소 깊은 한숨을 내쉬었다. 아버지는 그 무렵 면 서기를 그만두고 군청으로 옮기기 위한 시험을 준비하고 있었다. 큰일 날 뻔했다며 그녀의 손을 잡아주던 아버지의 손. 그 악력과 체온을 그녀는 아직도 기억한다.

"무슨 셀카를 이렇게 많이 찍었어요?"

딸은 그녀의 눈앞으로 휴대전화를 내민다. 금세 초점이 잡히지 않아 그녀는 한동안 눈을 깜박인다. 늘 숫자만 보여주던 액정 화면이 웬 여자의 얼굴로 가득하다.

"이 할매가 대체 누구냐?"

그녀의 말에 딸은 깔깔 웃는다. 딸이 휴대폰의 버튼을 누를 때마다 화면에는 비슷한 얼굴의 사진이 반복해서 펼쳐진다. 사진을 거듭 바라보자 그녀는 비로소 그 얼굴의 정체를 알 것 같다. 너무도 익숙해서 오히려 낯선 얼굴. 외면해버리고 싶은 얼굴.

아버지는 제복 차림이었다. 원하던 대로 군청 직원이

되었는지 경찰이 되었는지 혹은 또 다른 무엇이 되었는지
는 알 수 없었다. 사진 속의 아버지는 수많은 제복의 사내
들 속에 있었다. 하지만 그녀는 아버지의 얼굴을 단번에
알아볼 수 있었다.

그 사진은 어디로 사라졌을까?

아버지의 얼굴이 새겨진 최초의 사진. 그것은 아버지의
책과 만년필 등 다른 유품과 함께 사라지고 말았다. 친척
들이 땅에 파묻었다고도 했고 바다에 던졌다고도 했다. 아
버지에 대한 모든 추억도 그를 기억하는 사람들 사이에서
더 이상 오르내리지 않았다.

그날 이후부터였다. 제복을 입은 아버지의 사진을 본
뒤 얼마 지나지 않은 그날. 그녀가 학교에 가지 않았던
그날.

흉년이 거듭되자 학교에서는 농번기마다 짧은 방학을
실시했다. 그날도 그런 방학 중의 하루였다. 그녀는 아침
부터 고구마를 캐고 있었다. 깊어가는 가을, 유난히 청명
한 날씨였다. 그래서 그 소리는 더욱 선명하게 들려왔다.

총소리였다. 고구마를 캐던 그녀는 잠시 손놀림을 멈추
었다. 봄부터 가끔 들어왔던 총소리였다. 거대한 산에 게
릴라들이 숨어들고 육지에서 토벌대가 들어오면서 총소리

는 어느새 일상적인 소음이 되어 있었다. 소리가 꽤 크게 들려온 걸 보니 이번엔 저쪽 신사 터가 아니라 이쪽 너른 밭인 것 같았다. 어쨌거나 자신과는 상관없는 일이라고 그녀는 생각했다.

하지만…… 다시 일이 손에 잡히지 않았다. 총 소리의 여운이 오래도록 지워지지 않았다. 귀가 아니라 가슴에서 그 여운이 자꾸만 일렁거렸다. 그녀는 고개를 들어 어머니를 찾았다. 방금 전까지 함께 고구마를 캐고 있던 어머니가 보이지 않았다. 가슴 속에서 무언가 덜컥 내려앉는 것 같았다. 총소리가 다시 선명하게 그녀의 귓가에서 되살아났다.

그날, 싸늘한 주검으로 돌아온 사람은 그녀의 아버지뿐만이 아니었다. 아랫집의 장남도, 윗집의 가장도 참혹한 주검으로 돌아왔다. 그러나 마을은 고요했다. 울음소리는 어디에서도 들리지 않았다. 지나치게 무섭고 지나치게 서러우면 눈물도 나지 않는 법이었다. 지나치게 기가 막히면 아무 말도 할 수 없는 법이었다.

그녀는 아버지에 대해서 아무 말도 할 수 없었다. 아무도 아버지에 대해 묻지 않았지만 누군가 분명히 캐물을 것만 같아서 학교에도 나갈 수가 없었다. 아버지를 잃었다는 사실에 그녀 역시 무섭고 서럽고 기가 막혔지만 그보다 더 크게 자신을 지배하는 감정에 그녀는 당황했다. 그 감정은 슬픔이 아니었다. 오히려 수치심에 가까웠다. 알 수 없는 종류의 부끄러움이었다.

그녀는 그때 열네 살이었다. 봄부터 학교 친구들은 누군가를 향해서 수군거리곤 했었다. 저 아이의 아버지가 산으로 도피했대, 저 아이의 형은 토벌대가 죽였대……. 그 수군거림이 그날 이후 자신에게도 들려오는 것 같았다. 아버지의 어처구니없는 죽음보다 더 어처구니없는 부끄러움 때문에 그녀는 도저히 학교에 나갈 수가 없었다.

한 학기만 더 다니면 졸업이라고 담임선생님이 집으로 찾아와 설득을 했지만 그녀는 고개만 숙이고 있었다. 원래 부끄러움을 잘 타던 내성적인 그녀였기에 선생님은 그녀의 태도를 꾸짖으며 돌아갔다. 그녀의 부끄러움이 또 다른 종류의 수치심으로 변해 있다는 사실은 그 누구도 알지 못했다. 곧 유복자를 낳게 될 어머니를 대신해 맏딸인 그녀가 해야 할 일이 너무 많아서 학교를 그만두었다고 생각했을 뿐.

그녀는 동생들을 건사하면서 마을의 돌담을 쌓는 일에도 열심히 뛰어다녔다. 돌을 쌓아 집담과 밭담과 무덤의

산담까지 만들고 사는 섬사람들이 이제는 마을 둘레에 성담을 쌓고 있었다. 성담 따위로 게릴라의 습격을 막을 수 있을 것 같지는 않았지만 그녀는 누구보다 열심히 돌을 날랐다. 성담 앞에서 마을 단위로 보초를 서는 일에도 참여했다. 자신같은 소녀들이 보초를 선다고 누가 두려워할까 싶기도 했지만.

막내 동생이 태어날 즈음에 게릴라가 다 소탕되었다는 말이 들려왔다. 토벌대가 불태운 중산간 마을에서 내려온 주민들이 함석집이나 초막으로 재건 마을을 짓는 모습을 그녀는 먼발치에서 바라보았다. 재목 벌채와 수송의 어려움 때문에 그들이 다시 본래의 마을로 돌아가기는 한동안 힘들 거라고 했다. 그들보다는 그래도 자신의 처지가 좀 나은 것 같았다. 동생을 등에 업고 다니면서 그녀는 그렇게 생각했다. 이 정도면 그래도 괜찮은 거라고.

이듬해에도, 또 그 이듬해에도 동네 사람들은 같은 날 조용히 저마다의 집에서 제사를 지냈다. 1년을 보내고 또 1년을 보내면서 무섭고 서럽고 기막힌 감정들을 어느 정도 추스른 그들이었지만 여전히 마음 놓고 울음을 터뜨리지는 못했다. 죽은 이를 그리면서 슬퍼하는 모습조차도 누군가 유심히 지켜보고 있을 것만 같았다.

"오사카에 계신 너희 작은 아버지가 여기 소식을 전해 듣고 밀항을 권했었는데…… 너희 아버지는 그 편지를 찢어버렸지. 죄 없는 사람이 왜 눈치를 보면서 밀항을 하냐고, 처자식 버려두고 어떻게 남의 나라로 떠나겠냐고 하면서."

어머니는 가끔 그렇게 혼잣말을 하곤 했다. 그러나 결코 무언가를 한탄하는 어투는 아니었다.

"이제 와서 생각해보면 너희 작은 아버지가 제일 똑똑한 사람이다. 일찌감치 이 땅을 떠나서 아예 돌아오지 않았으니."

그저 그렇게 넋두리처럼 중얼거리면서 어머니는 자식들의 얼굴을 차례로 쓰다듬기만 하였다. 남편이 무사히 밀항을 했다면 자식들이 대신 죽었을지도 모를 일인데 더 이상 무슨 말을 할 수 있을 것인가. 그녀는 어머니의 마음을 어렴풋이 이해할 수 있을 것 같았다. 끝까지 밀항을 거부한 아버지의 생각까지도 짐작할 수 있을 것 같았다.

하지만 그 모든 일들의 원인은 여전히 알 수 없었다. 게릴라는 어떤 사람들이고 토벌대는 어떤 사람들인지, 그들이 왜 그렇게 죽창과 총을 들고 싸워야 했는지, 사람이 사람을 어쩌면 그렇게 아무렇지도 않게 죽일 수 있었는지…….

거대한 산 너머 북쪽 마을로 수학여행을 떠났던 그날부터 이 모든 일이 시작되었다는 사실 이외에는 그녀가 아는 것은 단 한 가지도 없었다.

"자식들만 엄마 말 안 듣는 게 아니야. 엄마들도 진짜 자식 말 안 들어요."

딸의 잔소리를 흘려들으며 그녀는 액자들을 바라본다. 벽면에 걸린 큰 액자들 속에는 한껏 멋을 부린 결혼사진이, 테이블 위의 작은 액자들 속에는 자연스럽게 찍은 여행 사진이 장식되어 있다.

"병원에 한 번 가보라고 한 게 대체 언제부터였는데……. 미련하게 참기만 하다가 결국 이렇게 됐잖아요."

"괜찮다. 계단만 아니면 아직 움직일 만해."

하지만 세상에는 계단이 너무 많았다. 그 모든 계단들을 오르내리며 자식들을 키우는 동안 그녀의 무릎 관절을 둘러싼 물렁뼈는 닳고 또 닳았다.

"퇴행성관절염이라는 말만 들어도 속상해 죽겠어요. 뒷걸음질치는 느낌이잖아요. 아까 진료실에서 사진 보면서 얼마나 속상하던지……."

딸은 계속 투덜거리지만 그녀는 그저 담담하다. 방사선 사진 속 그녀의 무릎 뼈는 하얗고 투명하게 빛나고 있었다.

"연골이 그렇게 닳을 동안 아픈 걸 참았을 텐데, 또 약을 먹으며 참으라니……. 내시경으로 치료하기엔 늦었고 인공 관절을 하기엔 아직 이르다니……. 이렇게 답답한 노릇이 어디 있어요?"

"참으면 되잖냐. 참지 못해서 여기까지 온 건 아니다. 그냥 네가 어찌 지내나 궁금해서 와본 거고, 네가 하도 성화를 부리니까 병원에 같이 간 거지……."

변명 아닌 변명을 하면서 그녀는 사진으로 애써 시선을 돌린다. 작은 액자 속에는 딸 부부가 섬에서 찍은 신혼여행 사진도 있다. 딸이 왜 굳이 그 섬으로 신혼여행을 떠날 생각을 했는지 그녀는 뒤늦게 궁금해진다. 신혼여행지로 유명한 곳이기는 하지만 딸아이는 어릴 적부터 자주 가봤기에 별 감흥이 없었을 터인데…….

섬을 휩쓸었던 죽음의 바람이 잦아들 즈음, 육지에서 전쟁이 일어났다는 소식이 들려왔다. 그리고 예비 검속이라는 이름의 연행이 시작되었다. 수런거리던 섬사람들은 다시 모두 납작하게 엎드려 눈치를 살폈다.

타고 남은 땅에서 죽다 남은 생존자들은 예비 검속자들이 바다에 끌려가 수장되었다는 소문에 몸을 떨었다. 그러한 흉흉한 소문은 해병대에 자원입대한 섬 청년들이 인천에 상륙하고 서울을 수복했다는 소식이 전해지면서 비로소 사라지는 듯싶었다. 섬사람들은 가슴을 쓸어내리면서 청년들의 무사 귀환을 기원했다.

그러나 청년들을 태우고 떠났던 LST 수송선은 그들 대신 피난민들만 실어왔다. 섬 청년들을 집어 삼켰던 군함의 크고 네모난 입에서 피난민들은 끝도 없이 쏟아져나왔다. 육지에서 몰려든 피난민들은 섬사람들의 삶을 위협할 만큼 숫자가 불어나고 있었다.

육지 사람들이라면 치가 떨릴 지경이었지만 그녀의 어머니도 말없이 그들을 받아들였다. 그녀의 집에 들어온 피난민은 아버지와 아들 둘, 그리고 딸 하나로 구성된 가족이었다. 어쨌거나 아직도 육지 출신의 토벌대가 서슬 퍼렇게 섬을 지배하고 있는 중이니 어머니는 그들을 받아들일 수밖에 없었을 것이다.

옆집에 들어온 가족은 아들이 의사라 했고 아랫집에 들어온 가족은 아버지가 목사라 했다. 육지인에 대한 피해 의식에 사로잡혀 있던 주민들이었지만 전쟁을 피해 배를 타고 건너온 사람들을 모른 척할 수는 없었다. 전쟁보다 더한 일을 이미 겪은 그들이었지만, 피난민보다 더 고달픈 삶을 이어가는 그들이었지만……. 게다가 피난민들을 계속 모른 척했다가는 어떤 의심을 받을지 모를 일이었다.

하지만 그녀는 피난민을 집에 들인 어머니가 야속하기만 했다. 그들과 마주칠 때면 더욱 그랬다. 건넌방에 피난민 가족이 머물기 시작하면서 그녀는 통시에 갈 때마다 마음을 졸였다. 돌을 쌓아 만든 통시에 쪼그리고 앉으면 몸은 겨우 가릴 수 있어도 얼굴은 가릴 수 없었다.

그들은 통시를 변소라고 불렀다. 대학생이라는 딸은 처음 통시에 올라갔을 때 아래쪽으로 돼지가 다가오자 소리를 질러댔다. 인분을 받아먹고 자라는 돼지라고 설명하자 딸은 헛구역질까지 해댔다. 이후로 그 딸은 통시에 갈 때마다 오빠들을 데려가서 막대기로 돼지를 위협하게 했다. 그들에게 통시는 단지 배설물을 처리하는 공간일 뿐이었다.

하지만 그녀에게 통시는 어여쁜 돼지들의 집이었다. 마당 한편, 낮은 돌담을 둘러친 넓고 탁 트인 공간에서 순하게 자라다가 귀한 양식이 되어주는 돼지들이었다. 그 한

귀퉁이, 돌을 좀 더 높게 쌓은 작은 공간에 쪼그리고 앉으면 돼지들은 반갑게 그녀를 향해 달려오곤 했다. 그곳에서 여유있게 하늘을 바라보고 바람을 맞이했었는데…… 그녀는 어머니가 야속할 따름이었다.

통시에 갈 때마다 건넌방의 낯선 이들을 의식해야 하는 것만 제외하면 그녀의 하루는 여느 때와 다름없이 단조롭게 흘러가고 있었다. 어머니와 함께 다섯 동생을 돌보며 살아가는 그녀의 하루는 단순해서 평화로웠다. 전쟁은 그녀의 일상을 조금도 바꿔놓지 못했다. 전쟁보다 더한 일을 이미 겪어버린 그녀였으므로.

무엇보다도 그녀에게는 아무 생각 없이 몰두해야 할 일이 많았다. 바닷가에 가서는 돌과 모래 사이에서 솟아오르는 용천수를 길어오고 산에 가서는 땔감을 베거나 주워오고, 밝고 따뜻할 때에는 밭일을 하고 춥고 어두울 때에는 길쌈을 해야 했다. 그리고 남은 시간을 부엌에서 보내다 보면 하루가 금세 흘러가버렸다.

밤이면 베틀 앞에 앉아서 명주실을 만지작거리는 그녀를 어머니는 그저 바라보기만 했다. 부지런히 뽕잎을 따와서 누에를 키워낸 그녀에게 명주 짜는 일을 맡겨놓고 어머니는 옆에서 말없이 물레를 돌렸다. 언젠가는 비단옷 입혀 시집보낼 딸이기에 어머니는 그녀에게 무명보다 명주 짜는 일을 더 많이 맡겼다. 그녀도 목화솜보다 누에고치를 만지는 게 더 좋았다.

하지만 그녀는 아직 열여섯 살. 이 겨울을 보내면서 곧 열일곱 살이 될 테지만 그래도 아직은 어린 소녀에 불과했다. 방문 너머로 두런두런 들려오는 피난민 가족의 목소리에도 한껏 호기심이 솟아오르는.

저 가족의 가장은 육지에서 무슨 일을 하던 사람일까, 아내는 왜 함께 피난오지 않았을까, 딸은 대학생이라 들었는데 아들들도 대학생일까, 새삼 궁금해하면서 그녀는 아버지를 생각했다. 아버지가 살아계신다면 나는 지금 중학생이겠지, 아버지가 살아계신다면 나도 저런 여대생이 되기를 꿈꾸고 있겠지, 아버지가 살아계신다면……. 부질없는 생각 속에 그녀는 무심코 노래를 부르곤 했다.

"황…… 성 옛터에 밤…… 이 되니 월색만 고요해……."

아버지가 처음으로 그녀에게 가르쳐준 노래였다. 해방이 되자 아버지는 자주 그 노래를 불렀다. 그녀는 아버지의 청아한 목소리를 닮고 싶었다.

"아…… 가엾다 이…… 내…… 몸…… 은 그 무엇 찾으려고……."

어머니는 딸의 목소리에서 문득 문득 남편의 목소리를 발견했다. 하지만 딸 앞에서 눈물을 보일 수는 없는 일이기에 그때마다 이렇게 말할 뿐이었다.

"건넌방에 고구마나 좀 삶아다 줘라."

그러면 명주실을 내려놓고 방을 나서다가 그녀는 다시금 그날의 기억에 사로잡히곤 했다. 땅에 파묻은 고구마를 꺼낼 생각을 하면 저절로 떠오르는 그날.

하지만 그날 이후로는 별다른 일 없이 살아가고 있으니 이제는 저 피난민들보다도 자신의 처지가 더 낫다는 생각마저 들었다. 부엌에서 고구마를 삶으면서 그녀는 늘 그렇게 생각했다. 이 정도면 그래도 괜찮은 거라고…… . 집이 있고 부엌이 있고 이렇게 뭔가 먹을 것도 있어서 피난민 식구들에게 나눠줄 수도 있으니 그리 나쁜 상황은 아닌 것이라고.

바닷물에 배추를 절이고 양념도 조금밖에 넣지 않아 벌써 다 쉬어버리긴 했지만 그래도 먹을 만한 김치가 아직 남아 있었다. 톳과 모자반으로 번갈아 국을 끓이거나 나물을 무칠 수 있고, 가끔은 미역국이나 고사리나물도 먹을 수 있었다.

"휘~이."

말린 미역을 챙기다 보면 그녀의 귓가에서는 숨비 소리

가 되살아났다. 바닷물 속으로 들어갔다가 다시 솟구쳐 오르는 순간 터져나오는 날숨소리. 미역을 따느라 숨을 참는 시간이 길면 길수록 숨비 소리는 더 높고 길게 흘러나왔다. 죽음의 문턱까지 내려갔다가 다시 올라와 참았던 숨을 고통스럽게 내뱉는 것이건만 숨비 소리는 휘파람처럼 경쾌하게 들려왔다. 파도 소리와 바람 소리가 뒤섞이면 멋들어진 노래처럼 들리기도 했다.

커다란 박으로 만든 테왁을 붙들고 한바탕 숨비 소리를 내뿜고 나면 곧이어 물 밖으로 솟아오른 이들의 숨비 소리가 저마다 화답했다. 그 소리에 취하다보면 바닷속에서 숨을 참느라 힘들었던 일은 금세 잊어버리고 다시 자맥질할 힘이 생겨났다. 테왁에 몸을 의지해 바닷물에 둥둥 떠있는 그 짧은 휴식이 그녀는 좋았다.

테왁을 밀며 바다로 헤엄쳐 나아갈 때에도, 테왁을 물에 띄워놓은 채 바닷속 깊이 잠수해 들어갈 때에도, 그녀는 늘 즐거웠다. 대대로 물질을 해서 살아가는 해녀 집안의 여자들을 부러워할 정도로 그녀는 바다를 좋아했다. 하지만 바닷물에 아예 들어가지도 못하는 어머니를 닮았는지 그녀는 숨을 오래 참지 못했다. 그녀는 그저 마을 사람들과 함께 미역을 따는 정도로 바다에 대한 갈증을 풀었을 따름이다.

　말린 미역이 이제 얼마 남지 않았다. 그만큼 겨울이 깊어
가고 있었다. 고구마 삶는 냄새가 퍼지는 아궁이에 땔감을
밀어넣으며 그녀는 입을 동그랗게 오므려보았다. 바람 소
리처럼, 휘파람처럼, 가늘게 숨비 소리를 흉내내어 본다.

　저 미역이 다 떨어질 때 쯤이면 봄이 올 것이다. 미역을
따고 말리다 보면 여름이 올 것이다. 그리고 가을, 다시
겨울. 육지에서는 전쟁이 벌어지고 있다지만 그녀의 집에
서는 변함없이 평온한 나날이 흘러가고 있었다. 몸은 고되
지만 마음은 평온한 이런 나날이 앞으로도 계속될 거라고
그녀는 생각했다.

　아버지의 어이없는 죽음보다 더한 일은 세상에 또 없을
것이므로 더 이상 나쁜 일이 일어나지 않을 거라고 그녀
는 생각했다. 그래서 그녀는 평화로웠다. 그리고 또 생각
했다. 이 정도면 그래도 괜찮은 거라고……. 괜찮은 거라
고…….

　그 섬의 바다 밑에서 화산 활동이 시작된 것은 120만 년
전이었다. 어느 날 바다에서 솟아오른 불덩이가 식으면서
타원의 용암 대지를 만들고, 그 중심에서 또 한 번의 강렬

한 용암 분출이 거대한 산을 만들고, 다시 크고 작은 후속 폭발이 수많은 새끼 화산을 만들고……. 세월은 그렇게 흘러왔다.

지표 아래에서 꿈틀대던 용암의 흔적은 이제 검은 현무암에서나 찾아볼 수 있을 뿐이다. 한때 펄펄 끓는 마그마였던 화산재의 돌들은 그 기포를 자잘한 구멍으로 간직한 채 섬을 뒤덮었다. 크고 작은 봉우리의 정상에 남아 있는 분화구와 더불어 그것은 화산 분출의 오래된 증거로 평화롭게 그 섬을 장식할 따름이다. 뜨겁게 솟아오르던 것들은 언젠가 모두 이처럼 굳어버릴 것이다. 상처를 남기듯 풍경을 남기면서.

"이 사진들 아직 안 봤죠?"

신혼여행 사진에서 눈을 떼지 못하는 그녀를 이끌고 딸은 컴퓨터 앞으로 다가간다. 마우스를 클릭하는 딸의 손길이 능숙해 보여서 그녀는 괜스레 흐뭇해진다. 피난민 여대생을 부러워했던 그 시절로부터 까마득한 시간이 흐른 지금, 막내딸까지 모두 대학을 마치게 했으니 여한이 없을 따름이다.

"디지털 카메라를 쓰다 보니까 인화를 안 하게 되네. 이렇게라도 좀 봐요. 사진 찍고 나서 오랜만에 보는 기분도 새롭잖아요."

저게 언제 적 사진들인가. 5년 전인가, 10년 전인가. 남편과 함께 찍은 사진들이 차례대로 펼쳐지자 그날의 기억이 그녀의 머릿속에 떠오르기 시작한다. 누군가의 결혼식에 참석하러 서울에 왔었던 것 같은데…….

"저기 멀리 백사 고지가 보이네. 그렇다면 저 낮은 산은 연희 고지야."

모처럼 자식들을 만나 차를 타고 움직이는 동안에도 남편은 창밖 풍경을 보면서 전쟁 이야기만 늘어놓았다.

"저기서 얼마나 많은 사람들이 죽었는지 너희들은 모를 거다. 상상도 못 할 거야. 하긴, 내가 이 나이에 이렇게 저 고지를 바라보게 될 줄은 나도 상상을 못 했지. 그땐……그래, 그땐 그저 살아남는 것만이 목표였다."

그리고 기어이 우겨서 찾아갔던 전쟁 기념관. 그곳에서 찍은 사진들이 모니터에 펼쳐지고 있다. 남편의 목소리가 그녀의 귓가에 생생하게 되살아난다.

"국방부 앞에 이렇게 큰 건물을 지어서 기념을 한다니 얼마나 좋은 일이냐. 이 서울이란 도시를 인민군에게 빼앗기고 탈환하고 또 빼앗기고 또 탈환하고……. 그런 기록들을 다 남겨놓아야지, 그럼."

전쟁 기념관의 6 · 25 전쟁실로 들어서자 남편은 무언가를 열심히 설명하기 시작했다. 다큐멘터리 동영상이며 전쟁 관련 도표들, 확대해서 걸어놓은 흑백 사진, 마네킹이 입고 있는 군복, 각종 무기 등에 몰두하면서 남편은 그 자료들 속의 시간으로 홀로 떠나버린 것 같았다. 어쩌면 그곳의 동영상이나 사진 속 어딘가에 젊은 시절 그의 모습이 실제로 찍혀 있을지도 모를 일이었다.

그해 봄, 수학여행에서 사흘 동안 어느 학교 건물 안에 갇혔을 때 자주 눈이 마주친 상급생이 있었다. 그 봄 이후 그녀의 삶은 변했지만 그도 역시 많은 변화를 겪은 것 같았다. 재주가 좋아 군대에서도 돈을 모으는 사람이니 밥은 굶기지 않을 거라고 매파는 말했다.

여느 섬 청년들처럼 중학교를 다니던 중에 해병대에 자원입대했던 그는 휴전 무렵에 재무 하사관이 되어 있었다. 전쟁 포로들이 남과 북을 택하든 제3의 중립국을 택하든 상관없이, 대통령이 사사오입이라는 엉뚱한 논리로 헌법을 바꾸고 영구 집권을 꾀하든 말든 상관없이, 그는 삶의 재건을 위해서 돈을 모으기 시작했다. 미군이 철수하면서 관리권을 이양하고 국군이 증강되는 혼란의 시기에 재무관실에서 근무하는 그의 손에 떨어지는 눈먼 돈이 적지 않았다.

자식이 군대에서 휴가를 나오면 황소를 팔아서 여비와 용돈을 마련해주던 그 시절에 그는 오히려 부모님께 용돈을 드리고 돌아왔다. 어느덧 그는 휴가를 나갈 때마다 동네 사람들의 선망 어린 눈길을 받게 되었다. 여기저기서 맞선도 들어왔다.

음력 12월, 그는 사모관대 차림으로 말을 타고 그녀의 마을로 향했다. 장옷을 입고 족두리를 쓴 그녀는 그가 기억하는 어린 시절의 모습 그대로였다. 해방이 되자 편입해 들어간 국민학교에서 첫 운동회 때 보았던, 단발머리를 휘날리며 날렵하게 뛰어가던 그 소녀……

한 학년 아래였고 나이는 네 살이 어렸던 그녀는 체육복을 입었을 때와 달리 교복을 입으면 새치름하게 변하는 소녀였다. 세일러복은 그녀에게 유난히 잘 어울려 보였다. 그는 끝내 그녀에게 말 한마디 건네지 못하고 졸업을 했다. 그런 그녀의 집에서 새신랑으로 밥상을 받고 앉으니 꿈을 꾸고 있는 것 같았다.

전쟁은 그렇게 두 사람의 삶을 뒤섞고 연결했다. 두 마리의 조랑말 위에 얹은 가마에 몸을 싣고서 그녀는 착잡한 마음으로 시집을 갔다. 요란한 혼례나 서양식 면사포를 꿈꾸어서가 아니었다. 오사카에서 작은 아버지가 다녀가신 이후로 어머니는 이제 동생들 걱정은 하지 말라고 했지만 그녀는 결코 그럴 수가 없었다. 하지만 벌써 스무 살이니 혼기를 놓칠 수도 없는 노릇이었다.

그녀는 다만 그를 믿기로 했다. 새로운 삶이 두려웠지만 그라면 믿고 따를 수 있을 것 같았다. 실제로 진해 해병 보급단 근처에서 영외 거주를 하며 그와 함께 신혼의 삶을 일구는 동안 그녀는 행복했다. 아이가 들어서자 더욱 행복했다.

그가 선임하사관이 되면서 전방으로 발령이 나자 잠시 두려움이 밀려왔지만 그녀는 다시 한 번 굳건히 그를 믿기로 했다. 그는 전방으로 가기 전에 휴가를 얻어 그녀를 고향까지 데려다주었다. 그동안 입덧 한 번 없이 지나온 그녀였지만 고향으로 가는 배 위에서는 심하게 멀미를 했다. 하지만 그가 옆에 있어 견딜 수 있었다.

해산을 위해 친정에 짐을 푼 그녀는 나날이 배가 불러왔지만 마음은 오히려 가벼워졌다. 그를 믿을수록 그녀의 삶은 가벼워지는 것 같았다. 미역 따는 철이 다가와 바다로 향하는 발걸음이 잦아질 즈음, 그녀는 옆구리에 끼고 가는 테왁의 무게마저 잘 느끼지 못 했다. 미역을 테왁 아래 그물망에 한가득 채워 넣을 생각만 해도 행복했다. 아이를 낳으면 이 미역을 먹어야지, 그러면 아이는 젖을 먹으며 미역을 맛보겠지…….

"휘~이."

첫 잠수에 미역을 두 손 가득 따와서 멋드러지게 숨비소리를 내뱉었다. 아랫배가 조금씩 아파오는 것 같았다. 그녀는 큰 호흡으로 바닷바람을 들이마셨다. 아무래도 더 이상 욕심을 부려서는 안 될 것 같았다.

그녀는 테왁을 밀면서 해변을 향해 헤엄을 치기 시작했다. 바람이 그녀의 이마를 씻어주고 지나갔다. 멀리 우뚝우뚝 기둥처럼 솟아오른 현무암 바위들이 새삼스레 그녀의 눈에 들어왔다. 사각 또는 육각으로 반듯하게 모가 난 바위들이 층층이 달라붙어 있는 그 모습은 아무리 봐도 누군가 끌과 칼로 다듬어놓은 것 같았다. 뜨거운 용암이 바다와 만났다 해도, 긴 세월 동안 파도가 솜씨를 부렸다 해도, 신이나 사람의 손을 빌리지 않고서야 어떻게 저런 모양이 만들어질 수 있을까?

저렇게 단단한 아이를 낳았으면……. 바닷물을 차내는 그녀의 발놀림이 저절로 빨라지고 있었다.

"바닷가에서 미역을 따고 돌아온 날 밤에 큰오빠를 낳았다고 했잖아요. 난 그 얘기가 늘 전설 같아요."

"그때가 마침 미역을 딸 수 있는 때였거든. 직업으로 물질을 하는 해녀가 아니어도 반찬거리는 따야 했으니까……."

두런두런 딸과 이야기하면서 그녀는 낯선 사진 한 장을 들여다본다. 쏟아지는 초음파를 온몸으로 반사하는 아주 작은 존재가 사진 속에 흑백으로 자리잡고 있다. 생겨난 지 8주가 되었다는 존재.

"그런데 난 왜 입덧이 심하죠? 딸은 엄마 닮는다는데……."

초음파 사진을 바라보면서 투덜거리는 딸의 얼굴이 헬쑥해 보인다. 딸이 늦은 나이에 임신을 한 데다 입덧까지 심하다길래 그녀는 서둘러 서울로 올라온 터였다. 한편으로는 무언가 외면하고 싶은 일이 생겼기 때문이기도 했다. 집을 떠나면서 그녀는 모든 것을 잠시 잊고 싶었다.

고속 열차를 타고 어지러운 속도에 몸을 맡기면서 그녀는 잠시 무언가를 외면할 수 있었고, 만나자마자 병원으로 이끌고 가서 관절염 치료를 받게 한 딸 덕분에 그녀는 한동안 모든 것을 잊을 수 있었다. 그러나 딸이 내민 초음파 사진 속의 생명체를 바라보는 동안 그녀는 다시 원점으로 돌아온 듯한 기분이 든다.

"이건 교회냐 성당이냐? 같은 건물을 왜 이렇게 많이 그렸대?"

떠오르는 생각들을 떨쳐버리려고 집안을 두리번거리던 그녀의 시선이 벽면에 붙어 있는 그림에 머문다. 어딘가에서 오려낸 듯한 그림들이 냉장고 옆의 한쪽 벽에 액자도 없이 나란히 붙어 있다.

"모네가 그린 루앙 성당이에요. 이렇게 비슷한 각도에서 루앙 성당을 그린 그림이 스무 개도 넘어요. 하지만 이 그림들은 성당보다 빛을 그렸다고 봐야 할 거예요. 날씨와 시간에 따라 다른 빛깔로 건물에 쏟아지는 햇빛을……."

짙은 갈색, 옅은 갈색, 깊은 회색, 얕은 회색, 푸르고 붉은, 맑고 탁한, 몽롱하고, 강렬하고, 두텁고, 가벼운……. 같은 건물을 그린, 같은 크기의 작은 그림들이 색깔만 달리 한 채 펼쳐져 있다.

"그리고 이건 국회의사당 연작……. 이 그림들 역시 국회의사당 건물보다는 런던의 하늘과 템즈강에 깃든 햇빛을 그린 거라고 할 수 있어요. 엄마도 여기 가봤죠?"

식탁 옆의 벽면으로 향해 있는 딸의 시선이 어느덧 몽

롱해져 있다. 붉은 색, 혹은 오렌지색이 스며든 강과 하늘. 일출, 혹은 일몰 무렵의 빛. 어둡고 푸른 회색 톤의 비슷한 그림들을 훑어가던 그녀의 눈길 역시 불그스름한 빛깔이 나타날 때마다 잠시 몽롱해진다.

딸의 말대로 그녀는 그곳에 갔었다. 하지만 기억할 수 없다. 런던, 파리, 로마, 뉴욕, 호놀룰루, 시드니, 도쿄……. 그곳에서 그녀를 찍은 사진은 수없이 많지만 그녀는 그곳에 다녀온 것이 믿어지지 않는다. 사진 속의 색깔들은 현란했고 그녀의 옆에는 으레 남편이 있었지만 정작 그녀는 그 모든 것을 믿을 수가 없다.

경주, 합천, 여수, 부여, 구례, 아산, 강릉, 거제, 완도……. 자식들을 키우는 동안에도 그녀는 남편과 함께 국내 곳곳을 여행했다. 흑백의 풍경으로 남아 있는 그곳들은 그래도 그녀의 기억 속에서 조금씩 꿈틀거린다. 하지만 자식들 다 키워놓고 여유있게 돌아다닌 해외 곳곳의 천연색 풍경들은 좀처럼 기억 속에서 되살아나지 않는다. 그것은 화석처럼 단단하게 굳어서 그녀를 바라보고 있을 뿐이다. 언젠가부터 대책없이 쌓여가기 시작해 미처 앨범 속에 정리도 못 하고 그대로 상자에 넣어둘 수밖에 없었던 사진들처럼.

현실감을 회복하려는 듯 그녀는 모네의 그림 앞으로 다가간다. 물감의 질감이 느껴질 리 없지만 그녀는 그림을 차례로 쓰다듬는다. 매끄러운 종이 위에서 빛의 흔적을 더듬는다. 그 순간, 얇은 종이의 모서리가 그녀의 손끝에 걸린다.

"이 사진은 어때요?"

장식장 문짝에 붙여놓은 사진을 가리키는 딸의 목소리에서 떨림이 느껴진다. 반사적으로 종이를 눌러서 벽에 다시 붙이려던 그녀는 문득 다시 모서리를 일으켜 종이의 한쪽 끝을 떼어본다.

"이건 토마스 데만트라는 독일 사진작가의 작품인데, 착륙이라는 제목이 붙어 있어요."

딸이 설명하는 사진 속에는 산산이 부서진 도자기 파편이 계단에 흩어져 있는 모습이 담겨져 있다. 하지만 그 사진을 외면한 채 그녀는 모네의 그림을 뜯어낸다. 허술하게 풀칠을 했는지 국회의사당 연작이 한꺼번에 벽에서 떨어져 내린다.

"이 사진 속의 깨진 도자기는 진짜 도자기가 아니라 종이로 만든 실제 크기의 정교한 도자기 파편 모형이에요. 이 작가는 종이로 세밀한 모형을 만든 후에 그걸 촬영하는 방식으로 작업을 하거든요."

그림이 떨어져나가자 벽면에는 흔적이 드러났다. 무언
가 둔탁한 것이 벽지를 함부로 긁으면서 길게 스쳐간 흔
적. 홀린 듯 식탁을 지나 냉장고 옆으로 다가간 그녀는 루
앙 성당 연작도 뜯어내기 시작한다. 빛의 변화에 따라 길
게 이어진 그림 역시 누군가의 손아귀가 변화무쌍하게 힘
을 썼던 흔적을 가려주고 있었다.

"실제로 영국의 박물관에서 관람객의 실수로 오래된 도
자기가 이렇게 깨져버린 사건이 있었어요. 그 상황을 굳이
그대로 종이로 재현해서 다시 찍은 이유는 과연 뭘까요?
예술의 덧없음을 보여주기 위해서? 사진의 일회성을 강조
하기 위해서? 어쩌면…… 눈에 보이는 사실을 그대로 믿
지 말라고 웅변하기 위해서였는지도 모르죠."

딸이 공들여 설명하고 있는 사진에까지 그녀는 손을 뻗
는다. 역시나 그 사진도 장식장 문짝이 무언가에 공격당해
파인 흔적을 가려주고 있었다. 얇은 종이에 프린트된 사진
을 한동안 내려다보던 그녀는 이윽고 딸에게 묻는다.

"이 계단도 종이로 만든 거냐?"

"글쎄……, 어떤 것 같아요? 보이는 대로 짐작해봐요."

그녀는 사진 속의 계단을, 창문을, 도자기 파편을, 본

다. 그리고 고개를 들어 루앙 성당이, 국회의사당이, 착륙이, 붙어 있던 자리를 본다.

"괜찮아요. 그냥 이렇게 던지기만 해요. 그 사람은 내가 아니라 세상을 향해서 화를 내는 거니까…… 그러니까 나는, 그 소리만 참아내면 되거든."

딸의 목소리에는 언뜻 웃음이 실려 있는 것도 같다.

아들이 태어나 백일을 넘겼을 때, 남편은 군복을 벗었다. 그녀는 어린 아들을 안고 남편과 함께 섬을 떠났다. 열 시간이 훨씬 넘게 배를 타고 그들이 도착한 곳은 부산이었다. 휴전 직후에 환도가 되었지만 그래도 아직 재건 중인 서울보다는 부산에서 더 많은 기회를 잡을 수 있을 것이라고 남편은 말했다. 그리고 부산은, 그나마 섬에서 가장 가까운 대도시였다.

그녀의 남편은 우선 재봉사로 일하는 고향 선배를 찾아갔다. 휴가를 나올 때마다 섬으로 가는 배를 타기 전에 만나서 앞날을 의논했던 선배는 기뻐하며 그의 손을 잡아 주었다. 군대에서 힘들여 모은 목돈이 충분히 장사 밑천이 되어줄 것 같았다.

서부 전선 김포 지구에서 개풍군 수색 작전을 하며 개

성 시장을 엿보았을 때부터 남편에게 시장은 하나의 꿈이었다고 했다. 북한 물건은 물론이고 전란 속에 흘러든 중국, 한국, 미국의 물건이 뒤섞여 있는 시장 바닥은 그에게 삶의 의지를 자극했다는 것이다.

그러나 제대하기 전에 돈을 맡겨놓았던 이가 그 돈으로 진해에 땅을 사버리는 바람에 땅이 팔릴 때까지 그들은 거기서 농사를 지어야만 했다. 토마토도 심고 수입 흰돼지도 키우며 1년 가까이 버텨서 돈을 돌려받기는 했지만 손해가 더 많았다. 그곳에서 농사를 지으면서 그들이 얻어낸 것은 척박한 섬에서 농사짓던 힘과 노력이면 육지에서 무슨 일이든 해낼 수 있으리라는 자신감뿐이었다.

겨우 돈을 되찾아 부산으로 돌아온 그들은 도매 시장에서 아동복을 떼다가 소매 시장에서 팔기 시작했다. 그러다가 남편은 양재 학원에서 야간 속성반 강습을 받은 뒤 싸구려 재봉틀을 구해서 제품을 만들기 시작했다. 샘플로 사온 옷을 보며 똑같은 옷을 여러 벌 만들면 도매로 물건을 떼올 때보다 마진이 두 배가 넘었다.

그들은 가게를 월세로 돌린 뒤 방 한 칸을 더 얻고 재봉틀도 한 대 더 샀다. 섬에서 그녀의 여동생이 건너와 일을 도와주자 옷의 디자인도 달라지고 생산량도 늘어났다. 2

년 뒤에 연립 주택으로 옮길 때에는 재봉틀이 3대로 늘어났고 그녀의 여동생 친구도 일손을 돕기 시작했다. 다시 2년 뒤에는 매축지의 단독 주택을 전세로 얻었고 재봉틀은 모두 6대가 되었다.

그리고 다시 3년이 흐른 뒤, 그녀는 남편과 함께 감개무량하게 새집 앞에 섰다. 처음으로 갖게 된 자신들의 집이었다. 시장에서 가까운 동네의 탄탄한 땅 위에 자리잡은 집은 대지가 백 평이 넘고 안채와 바깥채가 분리된 구조였다.

"바깥채에 세든 사람들을 내보내면 제법 큰 규모의 옷 공장으로 쓸 수 있을 거요. 그리고 이제는 서울 평화 시장의 물건들이 더 좋아지고 있으니 힘들더라도 서울행 밤차를 타고 다니면서 샘플을 구해야겠어."

겁없이 육지로 향하는 그의 뒤를 따라와 재봉틀을 돌리고 가게에서 장부를 정리했던 그녀는 말없이 고개만 끄덕였다.

"저쪽 방은 아들들, 이쪽 방은 딸들이 쓰면 되겠지? 집들이는 바깥채 내부 수리를 끝내고 합시다."

그녀는 흐뭇한 얼굴로 연신 고개를 끄덕였다. 진해에서 첫딸을 낳고, 연립 주택에서 둘째 아들을, 매축지 전세 집에서는 둘째 딸과 셋째 아들을 낳아 어느덧 3남 2녀의 어머니가 된 그녀였다. 섬의 바닷바람을 맞으며 태어난 첫아들은 벌써 10살이 되었다.

"그래도 방이 하나 남으니까 이제 조카들을 데려옵시다. 장조카는 고향을 지켜야겠지만 나머지 두 놈은 중학생이 되었으니 우리가 거두어야 하지 않겠소? 그래야 부모님이나 돌아가신 형님들 뵐 낯도 있겠지."

당연하다는 듯 그녀는 고개를 끄덕였다. 남편이 누구를 데려오든 그녀는 함께 품어 안아 살 각오가 되어 있었다. 이렇게 큰 집에 사람들이 북적대며 살 생각을 하니 그녀는 저절로 행복해졌다. 너무 행복해서 오히려 불안감이 느껴질 만큼.

"모두 다 부질없다. 참는 것도, 믿는 것도……."

"하지만 엄마는 참고 믿었기 때문에 여기까지 왔잖아요."

"여기까지? 여기가 어디지? 난 잘 모르겠다."

"엄마 젊었을 적에 찍은 독사진 얘기, 이모한테 들었어요. 엄마가 아버지 때문에 너무 힘들어서 울고 있길래 무조건 떠밀어서 예쁜 옷 입히고 미장원에도 데려갔다면서요. 그리고 사진관에 가서 예쁜 독사진을 찍어 매일 들여다보게 했다던데……. 그때, 셋째 언니가 태어난 거 맞죠?"

"맞다. 그때 그렇게라도 하지 않았다면 아마 견디지 못했을 거다. 하지만 그런 것조차 뿌리치고 다 그만뒀다면 어떻게 됐을까? 아니, 섬에서 그 옛날 그런 끔찍한 일들이 일어나지 않았다면, 육지에서 전쟁이 일어나지 않았다면, 나는 지금 어떻게 됐을까?"

"아버지가 말한 적이 있었죠. 국민학교를 함께 다녔을 때, 엄마는 감히 꿈꿀 수 없는 여자였다고……."

"내가 학교를 마저 다녔다면, 졸업이라도 했다면……. 글쎄, 어떻게 됐을까? 아무리 그렇게 생각해봐도 돌이킬 수 없는 게 세월이구나. 너는, 그런 세월 겪지 마라. 견디지 마라."

"셋째 언니가 중학생이 되면서 우리집에 들어왔던 날을 생생하게 기억해요. 언니의 출생에 관한 얘기는 우리집에서 금기였죠. 그 금기로 인해 우리집의 평온이 유지되었다는 걸 나는 알아요. 언젠가 어떤 사람이 엄마에게 물은 적이 있었죠? 아저씨 인물이 훤해서 아주머니 속깨나 썩으셨겠어요, 라고……. 그때 엄마는 이렇게 대답했어요. 우리 아저씨는 시시하게 바람 같은 거 안 피웠어요, 태풍이 한 번 몰아치고 말았지…….”

“하지만 모두 다 부질없다니까. 참는 것도, 믿는 것도…….”

“무심한 듯, 하지만 무시 못 할 힘이 배어나는 목소리로 엄마가 그렇게 대답하던 걸 나는 잊을 수가 없어요. 태풍으로 부서진 집을 오랜 세월에 걸쳐 다시 일으켜 세운 사람의 의연함이 그 목소리에 실려 있었거든요.”

“난 이제 그만 내려가야겠다. 내가 집을 비우면 혼자서는 밥도 못 차려 먹는 사람이 네 아버지 아니냐. 참, 이 휴대폰으로 사진 찍는 방법이나 좀 알려다오.”

“갑자기 왜 가겠다고 그래요? 그리고 사진은 또 무슨…….”

“며칠 전에 네 아버지가 어떤 여자랑 같이 걸어가는 걸 봤다. 집 근처 무도장에서 함께 나와 다정하게 어딘가로 가던데, 나는 다리가 아파서 제대로 뒤쫓지도 못했지 뭐냐. 다음번에 또 그런 모습 보면 사진이라도 찍어두려고.”

무심한 듯 말하는 그녀의 목소리에 언뜻 웃음이 실려 있는 것도 같다. 문득 진저리치듯 딸은 말한다.

“다…… 부질없다면서요…….”

못 들은 척, 그녀는 휴대폰을 만지작거린다. 이 버튼, 저 버튼, 두서없이 눌러본다.

"스마일!"

마침내 들려오는 낯익은 목소리. 그녀가 고개를 들어 딸을 바라본다. 그녀와 딸의 삶을 연결하는 듯, 혹은 단절하는 듯, 소리가 이어서 터져나온다. 찰칵, 혹은 차르칵.

불현듯이

그런 시간이 있다. 삶의 언저리에 얌전히 엎드려 있다
가 어느 순간 불현듯 몸을 일으키는 시간. 그 시간에 발목
을 잡혀버리면 모든 것은 한순간에 뒤엉키고 만다. 일어설
수 없고, 감당할 수 없고, 돌이킬 수 없다. 그러니 오로지
조심해야 한다. 삶의 수면을 건드리지 않도록, 그 주변의
시간이 자극받지 않도록, 무엇보다도 호흡을 조절하며 숨
죽이고 있을 것.

또다시 불이 켜졌다. 나는 반사적으로 벽시계를 바라보
았다. 1초, 2초, 3초……. 불은 15초 안에 꺼질 것이다. 현
관 천장에 붙어 있는 작은 할로겐 램프는 사람의 움직임만
감지할 뿐 밤낮은 구별하지 못했다. 눈치 없는 센서 등이
꺼지기를 기다리면서 나는 벽시계의 초침을 바라보았다.

스피커가 터진 건 바로 그때였다.

"현재, 우리 아파트에서 사건이 일어났으니…… 입주민들께서는 밖으로 나오지 마시기 바랍니다."

'알려드립니다.'라는 습관적 말머리마저 생략한 채 여자의 목소리는 그야말로 터져나왔다. 관리사무소 직원인 듯한 젊은 여자는 평소와 다름없는 말투로 말하려고 애쓰는 것 같았지만 거친 숨소리까지 숨기지는 못했다.

나는 현관과 벽시계 사이에서 엉거주춤 서 있었다. 센서 등은 이미 꺼졌다. 하지만 내가 움직이면 불은 다시 켜질 것이다. 소리에 집중하느라 현관으로부터 멀어질 생각을 못 했던 나는 막막한 심정으로 스피커를 바라보았다. 벽시계 위에 자리잡은 스피커는 시침 뚝 뗀 채 침묵하고 있었다.

우선, 어느 쪽으로 움직여야 할지 알 수 없었다. 불이 켜지던 순간에 내가 어디를 향하고 있었는지 기억나지 않았다. 안방으로 가려고 했는지, 부엌으로 가려고 했는지, 가서 무엇을 하려고 했는지, 도무지 떠오르지 않았다. 기억을 떠올리려고 애쓰는 것은 기억을 억누르는 것만큼이나 힘든 일이었다. 나는 체념하듯 작은 방을 향해 몸을 돌렸다. 센서 등의 불빛 따위는 무시하면 그만인 것이다.

하지만 의외로 불은 켜지지 않았다. 그 대신, 한가지 생각이 불현듯 떠올랐다. 사건이 일어났다는 것……. 여자는 분명 사건이라고 말했다. 아파트 단지 안에서 흔히 일어날 법한 '사고'가 아니라 '사건'이라고.

그녀가 걷고 있다. 그녀의 호흡만큼이나 느린 걸음이다. 어느 순간 그녀의 몸이 휘청 땅에 가까워진다. 최루탄 냄새가 배어 있는 땅의 기운에 진저리를 치면서 그녀는 화들짝 몸을 세운다. 호흡은 곧 제 속도를 찾는다. 하지만 그녀의 걸음걸이는 여전히 느리다.

아무리 느린 걸음이라도 걷는 동안에는 앞으로 나아간다. 어느덧 강의실에 들어와 있는 자신을 어쩔 수 없어 하면서 그녀는 적당한 자리를 찾아 두리번거린다. 하나, 둘, 셋. 강의실에는 그녀 이외에 세 명의 학생이 더 있다. 창문 쪽에서는 힘찬 구호 소리가, 복도 쪽에서는 웅성거림이 들려온다.

여학생 한 명이 강의실 뒷문으로 들어온 뒤 이윽고 중년의 남자가 앞문으로 들어온다. 매주 두 시간씩 석 달 동안 익혀왔던 남자의 얼굴이 불현듯 그녀에게 낯설다. 남자의 입에서 흘러나오는 말도 낯설기만 하다. 복도의 웅성거림이 잦아든 대신 창밖의 구호 소리는 더 크게 들려온다.

창밖에서 바라본 그녀는 수업 거부를 거부하고 있는 중이지만, 그녀 자신이 바라본 그녀는 그저 일상을 영위하고 있을 뿐이다. 그녀는 대학생이고 이곳은 강의실이고 지금은 수업 시간일 따름이다. 그처럼 당연한 사실조차도 자꾸만 낯설어지는 것이 싫어서 그녀는 무언가를 기대하기 시작한다. 강의를 하고 있는 저 교수가 느닷없이 창밖의 구호 소리를 따라한다든가, 강의실 안의 누군가가 갑자기 쓰러진다든가, 돌연 유리창을 깨뜨리며 돌멩이가 날아든다든가……. 하지만 끝내 아무 일도 일어나지 않은 채 수업은 끝나고 만다.

"알려드립니다. 입주민 여러분께서는 이제 밖으로 나오셔도 됩니다. 다시 한 번 알려드립니다. 입주민 여러분께서는……."

한 시간 만에 다시 들려온 여자의 목소리는 적당히 가라앉아 있었다. 스피커가 침묵하는 동안 나는 요란한 구급차 소리를 들었고 아파트 정문 근처에 세워진 방송국 차를 보았다. 하지만 더 이상 자세한 상황은 알 수 없었다. 거

실 창밖의 풍경은 대부분 앞동에 가려져 있었고 7층이라
는 높이는 생각보다 세상에서 멀었다.

현관으로 다가서자 다시 불이 켜졌다. 나는 아랑곳하지
않고 문을 열었다. 오후 4시 무렵의 가을 햇살이 좁은 복
도를 점령하고 있었다. 나는 엘리베이터 쪽으로 문을 끝까
지 열어젖혔다. 엘리베이터는 17층과 16층을 거쳐 내려오
고 있는 중이었다.

그때, 맞은 편 704호의 문이 열렸다. 나는 황급히 뒷걸
음질 치며 현관문을 끌어당겼다. 하지만 맞은편에서 불쑥
나타난 남자의 얼굴을 피할 수는 없었다. 열리려는, 혹은
닫히려는 현관문의 손잡이를 쥔 채로 704호와 나는 엉거주
춤 서로를 바라보았다.

"무슨…… 일일까요?"

어색한 상황을 돌파하려는 듯 그가 먼저 낮게 목소리를
깔았다.

"글쎄요, 뭔가 큰 사고가 난 것 같은데……. 방송국 차
까지 온 걸 보니까……."

얼떨결에 대답하면서도 나는 궁금했다. 저 집은 대체
언제 이사를 온 것일까.

"방송국이요? 밖에 나갔다 오셨나요?"

스피커에서 들려오는 경고 따위는 아랑곳없다는 듯 정문 출입구를 오가는 사람들이 제법 보이기는 했었다.

"아뇨. 베란다에서 내려다 본 거예요."

"나도 계속 창밖을 보고 있었는데…… 바로 옆집인데도 전망이 다른 모양이군요."

고개를 끄덕이는 내게 그는 덧붙여 말했다.

"그 정도 사건이라면 인터넷에 기사가 올라오겠네요. 밑에 내려가는 것보다 속보를 검색하는 게 더 낫겠어요."

그리고 가벼운 눈인사를 보낸 뒤 704호는 현관문을 끌어당겼다. 그때, 정체를 알 수 없는 조급함이 내게 밀려들었다.

"벌써 인터넷이 되나요? 언제 설치한 거예요? 관리사무소에 얘기하면 되는 건가요?"

내 말이 미처 다 끝나기도 전에 704호의 문이 활짝 열렸다. 그는 생각보다 키가 작았다.

"따로 뭘 설치하는 건 아니에요. 인터넷 설정만 바꿔주면 되거든요."

똑바로 선 채 정면으로 나를 바라보는 얼굴은 나긋한 말투와 더불어 일순 내 마음을 느슨하게 만들었다. 그의 얼굴과 말투 중에서 어떤 것이 더 나를 이완시켰는지는 알 수 없는 일이었다. 아무튼 나는 잠시 후에 우리 집 컴퓨터를 만지고 있는 그의 뒷모습을 바라보고 있었다. 그에게서 느껴지는 느닷없는 친밀감을 의아해하면서.

"이 아파트는 인터넷 관리 회사가 따로 있으니까 문제가 생기면 거기로 바로 연락하세요. 관리사무소에 연락해도 어차피 그쪽으로 연결해주는 거니까……."

컴퓨터가 부팅되는 동안 그의 목소리는 부드럽게 방 안을 떠돌고 있었다. 무슨 일이든 해결해줄 것 같은 목소리는 나를 한껏 느즈러지게 만들었다. 그러나 웹 브라우저가 실행된 뒤에 마우스를 클릭하는 소리만이 건조하게 들려오자 나는 불현듯 두려워졌다.

나는 황급히 작은 방을 나서서 안방과 욕실과 아이 방의 문을 차례로 닫았다. 아무리 그의 얼굴선이 여리게 보였다고 해도, 그의 목소리가 무르게 들렸다고 해도, 낯선 남자를 선뜻 집 안에 들인 것은 스스로 이해할 수 없는 일이었다.

"기사가 나왔어요."

어쨌든 음료수라도 갖다줘야 할 것 같아서 부엌으로 향하던 순간이었다. 다소 들뜬 그의 목소리가 작은 방에서 들려왔다. 어쩌다가 그를 집 안에 들였는지 이해할 겨를도 없이 나는 서둘러 방으로 향해야만 했다. 그는 잠시 내 눈을 바라본 뒤 컴퓨터 모니터로 시선을 돌렸다.

"201동 엘리베이터에서 남자가 여자를 칼로 찔렀대요. 여자는 즉시 병원으로 옮겨졌다는데, 다행히 상처가 깊지는 않은가 봐요. 하지만 남자는 14층 복도 창문으로 뛰어내려 즉사했다네요."

나는 방문 근처에 멈춰섰다. 끔찍한 사건을 설명하면서도 그의 목소리는 변함없이 나긋했다. 이제 막 인터넷에 올라온 기사라서 더 이상의 자세한 내용은 없다고 설명을 덧붙일 때에는 목소리가 좀 더 부드럽게 흘러나왔다. 나는 여전히 방문 근처에 멈춰 서서 굳어 있었다. 부드러워진 목소리는 다소 속도를 높이기 시작했다.

"어쩌다가 이런 일이 생겼는지 모르겠지만…… 이제 그 여자는 엘리베이터를 타기 힘들겠군요. 엘리베이터만 보면 오늘 일어난 일들이 떠오르겠죠. 엘리베이터의 문이 열리거나 닫힐 때, 누군가 엘리베이터 안으로 들어설 때, 매번 흠칫흠칫 놀라면서 그 남자를 떠올리겠죠. 오늘의 기억은 아마도 일종의 원장면이 되어서 그 여자의 삶을 지배할 거예요."

"원장면?"

그의 말을 가로 막으며 나도 모르게 물었다. 내 입에서 흘러나오는 목소리가 낯설었다.

"그래요, 원장면……. 대개 어린 아이의 뇌리에 박혔다가 나중에 불현듯 떠오르는 기억을 말하죠. 꾹꾹 눌러쓴 글씨의 자국처럼 지울 수 없는, 아무도 위로할 수 없고 위로받을 수 없는……."

"지하철 기관사처럼."

여전히 내 목소리는 낯설었다.

"지하철?"

"선로로 뛰어드는 사람을 어쩔 수 없이 치어야 했던 기관사 말이에요. 자살한 사람이야 그걸로 끝이겠지만, 기관사들은 평생 그 기억을 안고 살아가게 되잖아요. 실제로 그런 일을 겪고 고통 받는 기관사들이 나오는 방송을 봤는데…… 끔찍했어요. 캄캄한 지하 터널을 달리는 동안 환각에 시달리고, 사건 장소를 지나칠 때마다 공포에 휩싸이고……."

내 목소리는 어느덧 누군가의 말을 대신하고 있는 것 같았다.

"정말 그렇겠네요. 언젠가 지하철을 기다리다가, 몇 정거장 앞에서 누군가 선로로 뛰어내렸다는 방송을 들은 적이 있어요. 그 시체를 수습하느라 지하철이 늦어지겠다는 안내 방송이었죠. 그때도 저는 자살한 사람만 생각했지 기관사까지는 생각하지 못했군요."

자리에서 일어서며 그는 말을 이어나갔다.

"하지만 지하철뿐이겠어요? 곳곳에서 사건과 사고가 일어나는 세상인데……. 어딜 가든 피할 수 없는 기억이 도사리고 있겠죠."

그리고 방을 나서는 그를 나는 지켜보고만 있었다. 내 곁을 스쳐 지나갈 때 그는 어쩐지 키가 훌쩍 커 보였다.

"그야말로 불현듯이 켜지는군요."

현관으로 다가서던 그가 센서 등을 바라보며 말했다.

"그러다 말다 해요. 관리사무소에 연락해 봐야겠어요."

"이건 건설회사로 연락하는 게 더 빨라요. 주차장 입구에 건설회사 임시 사무소가 들어와 있는 거 아시죠? 입주 기간이 지나면 사무실이 없어질 테니까 빨리 AS 받으세요."

"네……. 고맙습니다. 인터넷 잘 쓸게요."

나는 예의 바르게 말하며 현관까지 따라 나가 그에게 인사를 했다. 그리고 현관문을 걸어 잠근 뒤 작은 방과 거실의 바닥을 걸레로 힘주어 닦았다.

잿빛 플라스틱 의자는 여전히 끈적거린다. 그녀는 의자 위에 샴푸를 들이붓는다. 비누 거품으로 범벅이 되었던 의자가 이제는 샴푸 거품에 뒤덮인다. 거품을 문지르는 그녀의 손에 점점 더 힘이 들어간다. 하지만 의자는 점점 더 끈적거린다.

의자를 포기한 그녀, 결국 샤워기 앞으로 다가간다. 기숙사 선배들의 충고를 무시하고 학교 근처의 공중목욕탕을 찾은 것을 후회하면서……. 선배들이 말하던 거리의 여자들은 보이지 않는다. 그러기엔 너무 이른 시간이다. 하지만 커다란 욕조 속에 몸을 담근 저 두 여자가 바로 그런 종류의 여자가 아니라고 말할 수도 없을 것이다.

뜨거운 물이 가득한 욕조를 아쉽게 일별한 뒤 그녀는 목욕탕을 나온다. 기숙사의 지하 목욕탕이 열리는 이번 수요일에는 생리가 시작될 것이다. 그 다음주 수요일은 너무 멀게 여겨진다. 그녀의 발걸음은 어느덧 버스 정류장으로 향하고 있다. 몇 정거장쯤 떨어진 동네, 아파트가 많이 들어선 그 동네라면 훨씬 더 깨끗한 목욕탕이 있겠지. 그곳까지 거리의 여자들이 찾아오지는 않겠지.

버스를 기다리는 동안 그녀는 길 건너의 작은 기차역을 바라본다. 역의 오른편으로 이어지는 길에 즐비한 상점들이 아침 햇살에 빛나고 있다. 불과 5년 전만 해도 그곳의 쇼윈도에는 거리의 여자들이 진열되어 있었다. 한복을 차려 입은 마네킹 같았던 여자들은 길이 정비된 이후에도 그곳을 떠나지 않았다. 그 여자들이 어느 곳에 어떤 형태로 존재하고 있는지 그녀는 알지 못한다. 그 여자들과 마주칠 확률이 가장 높은 곳이 인근의 목욕탕이라는 사실만을 알고 있을 뿐.

버스가 사거리로 들어설 때, 그녀는 멍한 눈빛으로 창밖을 내다본다. 며칠 전에 학생들로 가득 찼던 사거리는 거짓말처럼 평온하다. 기숙사의 같은 방 친구들까지 모두 사거리로 뛰쳐나갔던 그날, 변함없이 그녀는 방 안에 틀어박혀 있었다. 외면하고 비켜가지 않으면 휩쓸리고 만다. 휩쓸리면 헤어날 수 없다. 흔들리는 버스 안에서 주문을 외듯 그녀는 생각한다. 멀리 아파트 건물들이 그녀의 눈에 들어오기 시작한다.

"투명한 테이프 좀 주실래요? 너무 예민해서 이렇거든요."

"집안 곳곳에 손볼 곳이 많아요. 사전 점검 때 얘기했던 것도 안 고쳐진 게 더 많고……."

AS 기사의 말에 예민하게 반응하면서 나는 테이프를 내밀었다.

"살면서 천천히 고치세요. 이렇게 좋은 새 아파트에 입주하셨는데 뭐가 그렇게 급해요?"

그런 종류의 불평에는 이골이 났는지 그는 흥얼거리듯 말하며 의자 위로 올라섰다. 그리고 센서 등 옆에 붙어 있는 감지기에 투명한 테이프 한 조각을 붙이는 걸로 보수공사를 끝냈다.

"이제 괜찮을 겁니다."

과연, 센서 등은 다시 켜지지 않았다. 손을 올려 휘저어도 묵묵부답인 센서 등을 보란 듯이 가리키면서 AS 기사는 나를 바라보았다. 어딘지 모르게 축축한 눈빛이었다. 현관문을 활짝 열어두길 잘 했다고 생각하면서 나는 문 밖으로 시선을 돌렸다. 그때, 엘리베이터 열리는 소리와 함께 704호 남자의 모습이 불쑥 나타났다.

"센서 등 고치러 오셨군요?"

마치 남편처럼, 그가 현관으로 들어서며 말했다.

"다 고쳤습니다."

마치 집주인에게 말하듯, AS 기사는 목례까지 곁들이며 말했다. 그리고 그는 막 닫히려는 엘리베이터 속으로 서둘러 뛰어 들어갔다.

"정말 다 고쳤네요. 설마 밤에도 이렇게 안 켜지진 않겠
죠?"

센서 등 아래 우뚝 선 채로 704호 남자가 나를 바라보았
다. 그 눈빛을 마주 보는 순간, 비로소 알 것 같았다. 그의
눈에서는 어떤 습기도 감지되지 않는다는 것을.

"상관없어요. 스위치를 누르지도 않았는데 저절로 켜지
는 불은 그다지 반갑지 않거든요."

현관문을 천천히 끌어당기면서 나는 말했다. 아무리 건
조해 보여도 어느 순간 어디서 물기가 배어나올지 모를 일
이었다. 나는 그에게 선언하듯 말했다.

"저녁 준비를 할 때가 되었네요."

하지만 그는 제자리에서 꼼짝도 하지 않았다. 현관문을
좀 더 끌어당겨 보아도 마찬가지였다. 어쩔 수 없이 나는
다시 현관문을 활짝 열었다.

"오늘의 메뉴는 뭔가요?"

여전히 제자리에 우뚝 선 채로 그는 나긋한 목소리로
물었다. 여린 얼굴선을 따라서 미소까지 떠올라 있었다.
나는 대답 대신 그에게 되물었다.

"카드 영수증에 금액 6만원과 봉사료 12만원으로 합계

18만원이 찍혀 나왔는데, 거기가 대체 어딜까요? 뭘 하는 곳이기에 봉사료가 12만원이나 붙을까요?"

"그, 글쎄요……. 그건 저도 잘 모르겠는데……. 남편 얘긴가요?"

그의 표정과 목소리에 당황이 뒤섞이자 비로소 후회가 밀려들기 시작했다. 또다시 스스로 이해할 수 없는 일을 벌이고 말았다. 이번엔 과연 무엇 때문이었을까. 그의 미소? 그의 말투? 어쩌다가 그에게 그런 질문을 했는지 이해할 겨를도 없이 나는 서둘러 상황을 수습해야만 했다.

"이런 건 관리사무소에 연락해도 모르겠죠?"

엉뚱한 내 말에 다행히도 그의 얼굴이 다시 부드러워졌다.

"어떤 쪽이 가장 빠를지 한 번 알아봐드리죠."

미소를 지으며 그는 비로소 현관문을 나섰다. 내 곁을 스쳐갈 때 희미한 향수 냄새가 그에게서 느껴졌다. 어디선가 맡아본 듯한, 익숙한 냄새였다.

"남편은 그저 내 집 안에 있을 때만 내 남자인 거야. 그 이상은 바라지 말고 살아."

불현듯 떠오른 어머니의 목소리를 떨쳐버리려고 나는 고개를 가로저었다. 저 남자도 그럴까? 저 집에 살고 있는 여자도 그럴까? 더불어 떠오르는 생각들을 떨쳐버리려고 나는 현관문을 힘주어 닫았다.

하지만 나는 이내 습관처럼 컴퓨터 앞에 앉았다. 신용카드 사용내역 조회, 전화번호와 지도 검색, 휴대폰 위치 추적……. 704호 남자가 인터넷을 연결해준 이후로 수시로 들락거렸지만 여전히 별다른 소득은 얻어낼 수 없었다. 하지만 내게 아무 말도 하지 않기로 작정한 듯한 남편에 비하면 한결같이 친절하게 대꾸해주는 사이트들이었다.

"다른 남자는 안 그럴 것 같니? 특별히 널 괴롭히는 게 아니라면, 그저 눈 꼭 감고 살아."

또다시 어머니의 목소리가 들려오고 있었다. 나는 체념하듯 고개를 숙였다. 키보드의 글자판 하나하나가 눈앞에 확대되어 들어왔다. 찌든 때, 엉겨 붙은 먼지, 끈적거리는 감촉……. 나는 서둘러 자리에서 일어나 익숙한 물건들을 찾기 시작했다. 면봉, 이쑤시개, 티슈, 알콜, 유리 세정제…….

어머니가 부쳐준 목돈을 내밀자 집주인은 열쇠를 건네준다.

"큰 건 현관 열쇠, 작은 건 방문 열쇠야."

그녀는 말없이 열쇠를 만지작거린다. 어머니가 어떻게 돈을 구했는지 생각하지 않기로 했지만, 쉬운 일은 아니다.

　"먼저 살던 사람이 비닐 장판을 걷어 갔으니까 그건 따로 마련해서 깔아. 도배를 새로 했기 때문에 그것까지는 내가 못 해줘."

　그녀는 말없이 주인집을 나선다. 위층으로 향하는 계단을 오르는 그녀에게 어머니의 목소리가 따라붙는다.

　"꼭 그렇게 해야겠니? 기숙사든 하숙집이든 너만 꿋꿋하면 되는 거잖아. 데모하는 애들이 그렇게 무서워?"

　3층의 현관문은 활짝 열려 있지만 그녀는 열쇠를 구멍에 밀어 넣는다. 저항 없이 들어가는 열쇠, 오른쪽으로 돌아가며 걸쇠를 튕겨내는 열쇠, 다시 왼쪽으로 돌아가며 걸쇠를 걷어 들이는 열쇠……. 찰칵거리는 소리에 집중해보아도 그녀의 머릿속에서는 어머니의 목소리가 떠나지 않는다. 어쩔 수 없이 그녀는 또다시 중얼거린다. 수화기를 붙잡고 어머니에게 말하던 불안한 목소리 그대로.

　"무서운 게 아니라 견딜 수가 없어. 그 애들이 아니라 나를, 내가 나를 견딜 수가 없어. 난 지금 혼자 지낼 수 있는 방이 필요해."

3층의 방 세 개는 문이 모두 닫혀 있다. 아이 둘을 데리고 사는 부부의 방, 나이 어린 신혼부부가 살고 있는 방, 그리고 그녀가 살게 될 방. 공동으로 사용하는 주방과 욕실의 문까지도 굳게 닫혀 있다. 다섯 개의 문이 자신을 쳐다보는 것 같아서 그녀는 곧 중얼거림을 멈춘다.

처음 방을 보러 왔던 날처럼 문을 열고 내다보는 사람들이 없어서 다행이다. 심호흡을 하면서 그녀는 거실로 들어선다. 그녀가 살게 될 작은 방의 문손잡이는 다소곳이 열쇠를 받아들인다. 황량한 시멘트 바닥과 연갈색 벽지가 쏟아지듯 그녀의 시야로 밀려들어 온다.

비닐 장판과 벽지의 자투리들을 신경질적으로 밟다가 나는 불현듯 멈춰 섰다. 704호 남자가 틀림없었다. 그는 마치 춤을 추듯 경쾌한 몸놀림으로 쓰레기를 버리고 있었다. 커다란 플라스틱 바구니 속에 들어있던 각종 재활용 쓰레기들은 그의 손길에 따라 분류되어 저마다 알맞은 쓰레기통 속으로 들어갔다.

가볍게 헛기침을 한 뒤 가까이 다가갔지만 그는 내게 잠시 눈길만 보냈다. 쓰레기 버리는 일에 열중하는 그의 옆에 나도 비닐봉지들을 내려놓았다. 유리, 고철, 플라스틱, PET, 요구르트병, 신문, 잡종이. 7개의 비닐봉지들을 하나씩 들어올려 7개의 쓰레기통에 각각 쏟아 넣는 것으로 모든 일은 끝났다. 그때까지도 704호 남자는 플라스틱 바구니의 밑바닥에서 재활용 쓰레기들을 꺼내고 있었다. 그대로 돌아서기가 왠지 아쉬웠다.

"입주 기간이 다 끝나가는데…… 여긴 아직도 엉망이군요."

쓰레기장 바닥에 굴러다니는 비닐 장판과 벽지 조각을 가리키며 나는 말했다.

"곧 정리가 되겠죠. 그때부턴 우리도 도와야 하지 않겠어요? 분리수거는 아파트마다 부녀회가 나서서 하던데……."

플라스틱 바구니를 치켜들며 말하는 그의 모습은 영락없는 주부였다. 이 시간에 집에 있는 걸 보면 아내만 직장에 나가는 모양이다. 아니면, 독신일까?

"그렇게 미리 잘 나눠서 오면 도울 일도 없겠지만 말이에요."

내 손의 비닐봉지들을 가리키며 말하더니 그는 곧 쓰레기통 속으로 시선을 돌렸다.

"게다가 이렇게 깨끗이 씻어 오기까지 하고……. 이대

로 꺼내서 다시 써도 되겠어요. 정말 깔끔하시군요."

그리고 다시 내게로 돌아오는 그의 눈길 앞에서 나는 허둥지둥 변명하듯 말했다.

"제가 편해서 그러는 거에요. 찌꺼기가 묻어 있는 채로 두면 집 안에 냄새가 나잖아요."

그때, 누군가 내 이름을 불렀다. 반사적으로 뒤돌아본 내게로 목소리의 주인공은 달려들 듯 다가왔다.

"맞지? 맞구나……. 너, 하나도 안 변했어."

나는 눈만 끔벅이면서 그녀를 바라보았다. 내가 알고 있는 모든 여자들의 얼굴이 한꺼번에 눈앞에 떠올랐다. 누굴까? 어디서 본 얼굴일까?

"난 오늘 이사 왔어. 넌 언제 왔니? 몇 호에 사니? 이게 대체 몇 년 만이야?"

내게로 쏟아지는 질문을 피하듯 704호 남자가 슬쩍 뒤로 물러섰다.

"10년, 아니, 15년쯤 됐지? 너 그때 왜 갑자기 휴학을 했니? 나중에 졸업은 했어?"

계속해서 질문이 쏟아지는 동안 나는 비로소 그녀가 누구인지 알 것 같았다. 하지만 이름은 여전히 기억나지 않았다. 이름 따위, 알고 싶지도 않았다. 어느새 뒷모습을 보이는 704호 남자를 따라서 나도 어디론가 사라지고 싶을 따름이었다.

사내들은 3층 베란다에 줄을 묶고 장롱을 밑으로 끌어 내린다. 그녀의 눈이 커다랗게 열린다. 그들이 다시 끌어 올린 것은 휘어질 듯 옷을 가득 매달고 있는 철제 행거들이다. 붉은 색 노끈으로 한 번씩 둘러 묶은 옷들은 하나같이 요란하고 요상하다. 그녀의 눈동자가 불안하게 움직인다.

나이 어린 신혼부부는 그동안 늘 닫아두었던 방문을 활짝 열고 이삿짐을 거실로 끌어내느라 바쁘다. 거실에서 서성거리던 여자 두 명이 사내들과 농담을 주고받으며 웃음소리를 터뜨린다. 베란다 근처에 서 있던 그녀는 불현듯 몸을 돌린다.

"재수 옴 붙었네."

그녀의 바로 옆에 서 있던 아기 엄마가 작은 목소리로 소곤거린다.

"저기 세탁소 뒷길 골목으로 전부 다 술집이잖아. 아무리 월세가 탐나도 주인이 이러면 안 되는데……."

이어지는 소곤거림이 그녀의 발걸음을 붙잡는다. 기차

역 앞 쇼윈도의 여자들이 어떻게 모습을 바꾸었는지 그녀는 이제야 비로소 알게 된다.

"화장실 쓸 때 조심해. 뒷물도 절대로 대야에 물 받아서 하지 말고."

아기 엄마의 목소리는 작지만 단호하다. 그녀는 말없이 자신의 방으로 향한다. 그리고 힘주어 방문을 닫으며 돌아설 때, 여자들의 자지러지는 웃음소리가 다시 한 번 그녀의 귓가로 다가온다.

엘리베이터 앞에서 704호 남자를 만났다. 대파의 초록 잎새들이 삐죽 나와 있는 커다란 비닐봉지를 들고서 그는 환하게 웃었다. 나는 혹시 내 뒤에 누가 있나 싶어서 뒤를 돌아다보았다.

"잠깐 차 한 잔 마시고 갈래요?"

그는 분명 나를 바라보며 말하고 있었다. 의아했지만 나는 예의 바르게 대답했다.

"미안해요. 아이가 기다리고 있어요."

"그렇군요. 아쉬운걸요."

그러나 전혀 아쉽지 않은 얼굴이었다. 여느 때보다 더욱 밝아 보이는 그의 얼굴을 나는 물끄러미 바라보았다.

"참, 지난번에 궁금해하셨던 봉사료 말이죠."

엘리베이터에 오르면서 말하는 그의 목소리 또한 여느 때보다 밝게 들렸다.

"평범한 술집에서도 세금 문제 때문에 금액보다 봉사료를 더 높게 책정해서 영수증을 끊기도 한다더군요. 혹시, 그 카드 영수증에 전화번호는 나와 있지 않던가요?"

"나중에 전화를 해봤어요. 피부 관리실이라더군요."

"피부 관리실……. 우연의 일치일까요? 일반적으로 18만원은, 안마시술소에 지불하는 액수라던데……."

그의 얼굴과 목소리가 다소 어두워졌다. 아무렇지도 않다는 듯 나는 말했다.

"물론 그건 안마 이외의 서비스도 포함된 액수겠죠?"

그와 나 사이에 돌연 어색함이 솟아날 때 엘리베이터의 문이 열렸다. 다행이라는 듯 우리는 서둘러 각자의 집을 향해 발걸음을 옮겼다.

"잠깐 차 한 잔 마시고 갈래요?"

현관문을 열다 말고 나는 그에게 물었다. 나를 돌아보는 그의 얼굴에 다시 환한 미소가 떠올라 있었다. 아이가 있으니 그를 집 안에 들여도 이상하진 않을 것이었다. 더구나 그는 이제 더 이상 낯선 남자가 아니었다.

"지난번에 201동에서 여자를 찌르고 자살했던 그 남자 말이에요."

아이가 잠시 고개만 내밀었다 닫아버린 방문을 바라보면서 그가 말했다. 그 방의 컴퓨터에서 기사를 찾아낸 일이 기억난 모양이었다.

"채팅으로 그 여자를 만났는데 자기가 의사라고 거짓말을 했대요. 결국 그게 들통나서 여자가 만나주질 않으니까 계속 따라다니면서 괴롭혔나 봐요. 여자가 이사까지 했는데도 찾아내서 칼로 찌른 걸 보면…….."

그다지 궁금하지 않은 얘기들이었다. 과일 접시와 쿠키 접시, 그리고 잔 두 개를 식탁 위에 놓은 뒤 나는 조심스레 커피 주전자를 들어 올렸다.

"하지만 자살은 왜 했을까요? 그 여자를 너무 좋아했기 때문일까요? 그 여자가 자신을 지나치게 무시했기 때문일까요?"

나는 대답 대신 아이가 들어가 있는 방의 문을 바라보았다. 질문이 줄어들면서 부쩍 자라난 아이였다. 그만큼 아이가 내게서 멀어진 건 아쉬웠지만, 온갖 질문에 답해야 하는 곤혹스러움에 비하면 충분히 견딜 만했다. 하지만 세상에는 이렇게 나를 괴롭히는 질문들이 여전히 존재하고 있었다.

"여자는 또 왜 그렇게 남자를 피했을까요? 남자가 거짓말을 했기 때문에? 아니면, 남자가 의사가 아니기 때문에?"

나는 하릴없이 커피 잔만 만지작거렸다. 더 이상 듣고 싶지 않은 얘기들이었다.

"강박증이군요."

아무 말 없는 나를 향해서 그가 선언하듯 말했다.

"이것 봐요. 식탁 위에 그릇들을 반듯하게 일렬로 놓았어요. 평형과 대칭에 대한 집착은 전형적인 강박증의 증세죠."

나는 들고 있던 커피 잔을 보란 듯이 식탁 위에 아무렇게나 놓았다.

"그래도 소용없어요. 이 집 안의 모든 물건들이 강박증을 증명하고 있으니까요. 물건들이 놓인 자리와 정돈 상태가 한결같이 평형과 대칭을 이루고 있잖아요. 이렇게 모든 게 제자리에 있어야만 마음이 편하죠? 조금만 흐트러져도 견딜 수가 없죠?"

부인할 수 없었다. 나도 모르게 간절한 목소리가 흘러나왔다.

"맞아요. 도대체 왜 이런 걸까요?"

"강박증은 뇌의 딸꾹질이라고도 하던데…… . 기억을 관여하는 뇌의 회로에 이상이 생겨서 강박적인 생각이 반복되는 거예요. 레코드판이 튀듯이 말이죠."

한숨을 쉬듯 말하면서 그는 나를 물끄러미 바라보았다. 나는 결국 참지 못하고 손끝으로 커피 잔을 밀었다. 줄을 맞춰 놓은 접시들과 나란히 자리잡을 수 있도록.

친구의 손에서 약혼반지가 빛나고 있다. 닻을 내린 배처럼 평온해 보이는 친구를 그녀는 물끄러미 바라본다. 이런 징표만 있다면 갈등 따위는 하지 않을 거라고 그녀는 생각한다. 하지만 그는 오늘도 변함없이 빈손으로 그녀를 찾아올 것이다.

학교에서 집으로 향하는 길은 언제나 어둡게 가라앉아 있다. 하지만 그 사이에서도 술렁임과 화사함은 간간이 솟아오른다. 결혼 날짜를 잡았다든가 입사 날짜가 정해진 친구들이 몰고 다니는 그 낯선 기운에 그녀는 유난히 민감하다. 반짝이는 손을 흔들며 사라진 친구의 잔상이 오래도록 지워지지 않아서 그녀의 걸음걸이는 점점 더 느려진다.

오늘은 그가 계단 앞에 쪼그리고 앉아 있다. 그녀는 물끄러미 그를 내려다본다. 그도 물끄러미 그녀를 올려다본다. 그가 기숙사 앞에서 기다릴 때와는 상황이 다르다는 것을 그녀는 알고 있다. 그러나 구체적인 확신을 얻지 못한 상태에서 그와 함께 저 계단을 올라가서는 안 된다는 것을 그녀는 더욱 분명하게 알고 있다.

지나치게 몸을 사리면 남자가 완전히 떠나버린다는 것도 그녀는 알고 있다. 하지만 연애의 손익 계산과 순결의 교환 가치에 대해서는 더더욱 분명하게 알고 있다. 두 사람은 계속해서 아무 말 없이 서로를 바라본다. 목욕 가방을 든 여자 두 명이 그들 곁을 스쳐 계단을 올라갈 때에도. 이윽고 계단 위에서 키득거리는 여자들의 웃음소리가 들려올 때에도.

"안 되는 이유를 설명해봐."

남편은 목소리를 잔뜩 낮추면서 말했다. 나는 개의치 않고 목소리를 높였다.

"집안에 남을 들이는 게 얼마나 위험한지 몰라?"

"남이 아니라 내 후배야."

"저 방에 있는 물건들은 어디로 치워?"

"컴퓨터만 빼고 전부 다 버리면 되잖아. 왜 그렇게 쓸

모없는 물건에 집착해? 왜 하나도 버리질 못해? 있으나 마나 한 물건들을 닦고 정리할 시간에 좀 더 생산적인 일을 찾아봐. 방 깨끗하게 비워서 월세라도 받으면 얼마나 좋아?"

남편의 입에서 쏟아지는 말을 나는 멍하니 듣고만 있었다. 그가 이렇게 많은 말을 하는 게 대체 얼마 만인가 싶었다.

"그리고…… 도대체 뭐가 위험하다고 그래? 사람 사는 집에 사람이 들어오는 게 뭐가 문제야?"

생각해보면 특별히 문제될 건 없었다. 704호 남자를 두 번이나 집에 데려온 걸 생각하면 더욱 그랬다. 하지만 늘 그랬듯 생각과 마음은 쉽사리 손을 잡지 못했다. 나는 입을 꼭 다문 채 남편의 얼굴을 외면했다. 테이블 위에 놓인 신문과 잡지를 가지런히 정돈하면서.

그러고 보니 704호 남자를 본 지 꽤 오래된 것 같았다. 어느덧 입주 기간이 끝났고 그의 예상대로 부녀회도 조직되어 쓰레기 분리수거를 돕고 있었다. 하지만 어느 곳에서도 그는 보이지 않았다. 새로 지은 아파트 특유의 어수선한 분위기가 사라지는 만큼 그의 존재는 내게서 희미해져 갔다. 그러나 이렇게 내 삶 어딘가의 평온함이 깨지기를 기다렸다는 듯 그는 다시금 내 기억 속에서 되살아나고 있었다.

"그렇게 사람을 싫어하는 이유가 대체 뭐야?"

신발을 꿰어 신으며 남편은 소리치듯 말했다. 왜 싫어하냐고? 사람을? 나야말로 궁금했다.

"그렇게 사람을 좋아하는 이유는 대체 뭐야?"

어쩔 수 없는 빈정거림이 내 목소리에 묻어났다. 남편은 현관문을 열다 말고 뒤돌아보았다. 나는 멈추지 않았다.

"아무나 가리지 않고 좋아할 수 있는 당신이 부러워. 아무하고나 잘 수 있는 당신이⋯⋯."

"그게 대체 무슨 말이야?"

"무슨 말인지 당신이 더 잘 알겠지."

남편은 아마도 그 뜻을 제대로 이해한 모양이었다. 현관문을 소리 나게 닫으며 내 앞에서 사라져버린 것을 보면.

테이블 위의 신문과 잡지를 다시 한 번 반듯하게 정리한 뒤 나는 거실의 불을 껐다. 어둠이 소곤소곤 나를 위로하는 것 같았다. 아무 것도 아니야, 늘 그래왔잖아, 네가 하기 싫어하는 일을 바깥의 여자들이 대신해 주는 것뿐이야, 세상엔 그렇게 무언가를 대신 해주는 사람들이 있는 법이지⋯⋯.

거실 유리창 앞에서 작은 방의 문 앞까지 직선으로 천

천히 두 번을 왕복했다. 달빛이 제법 교교했다. 좀 더 어두운 곳을 찾아 작은 방의 문을 열다가 나는 불현듯 깨달았다. 어두운 밤인데도 현관의 센서 등이 작동되지 않는다는 것을.

　캠퍼스를 점령한 구호 소리와 집 안을 점령한 웃음소리 중에서 어떤 것이 더 견디기 힘든지 그녀는 가늠할 수 없다. 그녀를 경멸하듯 바라보는 친구들의 눈빛과 그녀를 야릇하게 바라보는 옆방 여자들의 눈빛 중에서 어떤 것이 더 곤혹스러운지도 알 수가 없다. 그녀는 다만 늘 어지러울 따름이다.

　어지러움 속에서도 그녀는 책을 펼쳐든다. 마지막 학기가 끝나가고 있다. 그녀의 방에 들어오고 싶어 하던 남자는 이제 더 이상 그녀를 찾아오지 않는다. 하지만 그녀는 조급해하지 않는다. 철저히 학점 관리를 해왔고, 착실히 취업 준비를 해왔고, 아직까지 순결도 움켜쥐고 있다. 조금만 더 견디면 된다. 조금만 더 이 곤혹스러움을 참아내면 홀가분하게 이곳을 떠날 수 있을 것이다. 좀 더 꼭 눈을 감고, 좀 더 꽉 귀를 닫으면…….

지축이 흔들렸다. 틀림없이 그랬다. 아파트 건물 전체가 흔들리는 듯한 느낌은 분명 지축으로부터 번져왔다. 늦은 오전의 한가로운 공기를 가로지른 둔중한 소리는 그에 비하면 단순한 소음으로 여겨질 정도였다.

그러나 그뿐이었다. 세상은 다시 고요해졌고 창밖으로 내다 본 풍경은 이전과 다를 바 없었다. 하지만 내 마음까지 이전과 같을 수는 없었다. 어느새 내 발걸음은 현관으로 향했다. 704호의 문은 굳게 닫혀 있었다. 나는 현관문 손잡이를 꼭 쥔 채 천천히 주변을 둘러보았다. 1층에 머물러 있는 엘리베이터와 맞은편의 계단, 소화기와 방화전, 가스 검침기와 전기 계량기, 열려 있는 방화문……. 그래도 704호의 문은 열리지 않았다. 나는 성큼 앞으로 다가서서 벨을 눌렀다.

"또 사고가 났군요."

기다렸다는 듯, 그가 문을 열어주면서 말했다.

"그 여자인가요? 엘리베이터에서 칼에 찔렸던 그 여자……."

준비하고 있었다는 듯, 나는 단숨에 말했다.

"왜 그런 생각을 하죠?"

현관문을 완전히 열면서 그가 말했다. 한 걸음 뒤로 물러서며 나는 중얼거렸다.

"원장면에 시달리고 있었을 테니까요. 그 여자…… 아마 처음엔 그 남자의 조건만 보고 만났을 거에요. 그러다가 그게 거짓인 걸 알고는 무조건 피했겠죠. 그 영악함이 결국엔 그토록 끔찍한 사건을 불러왔을 테고……."

"틀렸어요."

그가 불쑥 다가와 내 손을 잡았다.

"들어와서 봐요. 여긴 그쪽하고 전망이 다르잖아요."

과연 그랬다. 우리 집에서 볼 수 없는 205동 건물이 704호의 부엌 창문으로는 보였다. 그 건물의 일부분이 화염에 휩싸인 모습까지 생생하게 보였다. 15층쯤에서 일어난 불길은 마지막 20층까지 건드리며 타오르고 있었다.

"사람들은 다 피했을까요?"

어디선가 사이렌 소리가 들려올 때 나는 가까스로 입을 열었다. 창밖으로 고개를 내밀면서 그가 말했다.

"폭발음이 컸던 걸 보면 가스 사고 같아요. 이젠 기사를 찾아보기도 두렵네요. 단순한 사고인지, 무슨 사연이라도 얽혀 있는 사건인지 궁금하긴 한데……."

"여긴 왜 이렇게 사건과 사고가 많을까요? 아파트는 좀 더 안전한 줄 알았는데……."

"여기뿐이겠어요? 곳곳에서 사건과 사고가 일어나는 세상이잖아요."

그의 나긋한 말투가 내 어딘가를 건드렸다. 정확히 어떤 부분인지는 알 수 없었다. 그래서 나는 더욱 안절부절 어찌할 바를 몰랐다.

"가스레인지 밸브를 잠그지 않은 것 같아요."

"이번엔 체킹 강박이로군요."

그가, 다시 내 손을 잡았다.

"뭐든 다 반듯하게 정돈되어 있어야 한다는 강박을 버려요. 물건이든, 사람이든, 생각이든……."

그의 손에 이끌려 거실 소파에 앉으면서 나는 심호흡을 했다. 사이렌 소리가 점점 더 가까워지고 있었다.

"세상의 어지러움을 피하려고 어딘가로 꼭꼭 숨어들어도 그곳 역시 어지러운 세상의 일부분일 뿐이에요. 그러니까 차라리 내 마음의 흐름에 몸을 맡겨버리는 게 낫지 않겠어요?"

어느새 나를 꿰뚫어 보고 있는 듯한 그가 탁자 위의 액자를 가리키며 말을 이어나갔다.

"물론 그게 얼마나 어려운 일인지는 나도 잘 알아요. 이 사람을 만나기 전에는 나도 그랬으니까……."

평범해 보이는 중년의 남자가 액자 속에서 웃고 있었다. 남자와 다정하게 팔짱을 낀 채 수줍은 미소를 짓는 그의 모습도 보였다. 더할 수 없이 다정해 보이는 두 남자였다. 불현듯, 나는 모든 것을 이해했다. 집 안을 천천히 둘러보자 모든 것은 더욱 확실해졌다.

"남편인가요?"

액자 속의 낯선 남자를 가리키며 묻는 내게 그는 아무런 표정 없이 대답했다.

"역할 강박에 빠져 있는 사람들의 용어를 받아들이자면, 그렇겠죠."

그의 말은 내 뒷머리를 쳤지만 통증은 명치에서 느껴졌다.

"어떻게 해야할지…… 모르겠어요."

환부를 누르듯 나는 중얼거렸다.

무슨 말을 하고 있는지 다 안다는 듯 그가 부드럽게 말했다.

"덮어버렸던 기억을 되살려보세요. 지금 나를 바라보듯 정면으로 마주 서는 거죠. 그래야 원장면으로부터 자유로워질 수 있어요."

나는 그의 눈을 똑바로 바라보며 물었다.

"어떻게 알았죠? 내가 원장면에 대해서 말하고 있다는 걸……."

"그냥 느껴졌어요. 내 감각의 센서가 고장난 탓인지도 모르겠지만."

"어쩌면 내 기억의 센서가 고장난 것인지도 모르겠네요."

어느 쪽에 이상이 생겼든 고치지 않으면 좋겠다는 생각이 들었다. 더 이상 센서 따위에 지배 받으며 살고 싶지 않았다. 그러다 어느 날 속수무책 불타버릴 수는 없는 일이었다. 더 이상은 그럴 수 없었다.

여자들의 웃음소리가 유난히 크게 들려오는 밤이다. 이따금씩 남자들의 웃음소리도 섞여서 들려온다. 그때마다 그녀는 몸을 웅크리며 이불을 끌어당긴다. 그러다 어느 순간 잠이 든 그녀, 수상한 소리에 다시 눈을 뜬다. 주위를 두리번거리는 그녀의 눈동자가 불안하게 흔들린다.

소리의 진원지가 방문 쪽임을 확인한 그녀는 조심스레 자리에서 일어난다. 누군가 방문 손잡이를 돌리고 있다. 소리는 점점 더 거칠어지고 있다. 두려움에 휩싸인 그녀의 귓가에서 소리는 한없이 증폭되고 있다.

옆방의 아기 엄마가 부산하게 외출 준비를 하던 모습이 떠오른다. 아이 둘을 데리고 어디로 간다고 했는데, 아이 아빠는 미리 거기에 가 있다고 했는데……. 그들은 아직 돌아오지 않은 모양이다. 이런 소음에도 아무 기척이 없는 걸 보면. 아니, 그들도 그저 견뎌내고 있는 것일까? 나처럼 모든 걸 방치하고 있는 것일까?

우지끈, 무언가가 부서졌다. 그리고 더 이상 아무 소리도 들리지 않았다.

우리가 가야 할 방향에서 굉음을 울리며 지하철이 달려온다. 우리가 서 있는 반대편 선로에 지하철이 완전히 멈춘 뒤에야 나는 눈앞의 텅 빈 선로를 가리킨다.

"사고를 냈던 기관사는 결국 선로로 내려가서 자살을 했대요."

내 손가락은 어느덧 선로를 거슬러 올라 어두운 터널을 가리키고 있다.

"저 캄캄한 터널 속으로 걸어 들어가서 말이죠."

터널을 바라보며 그가 무언가 말을 하지만 잘 들리지 않는다. 반대편 선로에선 지하철이 움직이기 시작했고 머리 위에선 지하철 진입을 알리는 신호음이 들려온다. 우리가 바라보고 있는 터널도 굉음을 내뿜기 시작한다.

고통 받는 기관사들의 다큐멘터리를 본 이후 처음으로 지하철에 오른다. 그들처럼 환각과 공포에 시달릴까 봐 지하철을 피해 다닌 게 대체 몇 달째인지……. 다행히도 별다른 느낌은 들지 않는다. 시간이 많이 흘러서인지, 그와 함께 있어서인지는 알 수 없는 일이다.

15년 만에 처음 찾은 학교 앞 거리에서도, 기억 속의 그 집을 찾아가는 오르막길에서도, 여전히 별다른 느낌은 다가오지 않는다. 시간이 많이 흘러서인지, 그와 함께 있어서인지는 여전히 알 수 없는 일이다. 그러나 마침내 그곳에 도달한 나는 그에게서도 시간에게서도 아무런 도움을 얻지 못 한다.

"이제 어떻게 하죠?"

내 질문에 그는 난감한 표정만 지어 보인다.

"말해봐요. 이제 어떻게 하죠? 들춰내고 싶어도, 마주 서고 싶어도, 그렇게 할 대상이 사라져버렸는데……. 이제 어떻게 해요?"

방문 손잡이가 부서지던 밤, 새로 깐 장판에 낯선 남자들의 발자국이 찍히던 밤, 방문 너머로 낯익은 여자들의 웃음 소리가 들려오던 밤, 그 밤의 기억들은 모두 되살아났는데……. 눈앞의 신축 오피스텔 건물은 매끈한 표정으로 외면하고 있다. 돌아가 묻히고 싶어 하는 그 수많은 기억들을.

"결국엔…… 캄캄한 터널로 들어가는 길밖에 없는 건가요?"

대답 대신 그는 희미하게 미소를 짓는다. 그의 여린 얼굴선을 따라서 불현듯 하나의 이미지가 떠오른다. 버스를 타고 아파트가 많은 동네로 목욕을 하러 다니던 그녀……. 그런 아파트에서 사는 삶을 간절하게 꿈꾸던, 그러나 그게 왠지 죄스러워 늘 고개를 숙이고 다니던…….

나는 그녀를 안듯 그를 안는다. 내 품 안에서 그는 그녀처럼 굳어 있다. 하지만 서로의 체온이 부드럽게 뒤섞일 즈음에 그는 내 등을 힘껏 끌어안는다.

"그동안 터널 속에서 지냈잖아요. 이제 밖으로 나갈 일만 남았어요."

나긋하면서도 분명한 목소리가 내 몸 속으로 스며들고 있다. 그녀의 시간이 조심스레 나의 시간과 포개어지고 있다. 오래도록 고여 있던 내 삶이 다시 흘러가는 것이 느껴진다, 불현듯이.

표류하는 섬

운전석 문의 손잡이를 잡아당기는 순간, 역한 냄새가 튀어나온다. 여자는 자동차 주변을 맴돌며 문 네 짝을 뜯어내듯 열어젖힌다. 시큼한 느낌의 고약한 냄새가 순식간에 차의 안팎을 휘돈다. 탈취제를 뿌려대기 시작하자 냄새는, 분사되는 소화기 앞의 불꽃처럼 잠시 가라앉는 듯싶다. 하지만 운전석 앞으로 바짝 다가가자 거기 악취의 불씨가 또렷이 눈을 뜨고 있는 게 보인다.

양동이에서 젖은 걸레를 꺼내든다. 바닥과 의자를 제멋대로 더럽혀 놓은 토사물을 닦아내면서 여자는 애써 욕지기를 참는다. 어젯밤의 구토로 어지러워진 차 안을 다시 또 더럽힐 수는 없는 노릇이다. 이윽고 여자는 더러워진 걸레들을 양동이에 담아 들고 수도가로 향한다.

"차 안이 더러워졌을 거야."

오늘 아침, 남자는 지나가는 말처럼 중얼거렸다. 그가 조금이라도 여자를 배려했다면 어젯밤에 그 말을 해줄 수도 있었을 것이다. 아니, 하다못해 창문을 열어두기라도 했다면……. 수도꼭지에서 쏟아져 내리는 물줄기를 바라보며 여자는 짜증을 삼킨다. 힘든 일은 아니었다. 침을 삼키듯 꿀꺽, 삼켜버리면 되는 것이다. 여자는 어느덧 이런 일에 어지간히 익숙해져 있다.

양동이를 옆에 내려놓고 트렁크를 연다. 찾으려는 방향제 대신 가방만 눈에 들어온다. 남자가 평소에 윈드서핑 장비를 넣어 다니는 그 커다란 비닐 가방은 또 다른 악취를 내뿜고 있다. 역한 비린내……. 여자는 그대로 바닥에 쭈그려 앉는다. 남자는 지금 청결한 흰 가운 차림으로 소독약 냄새를 풍기고 있을 것이다.

걸레를 헹궈서 운전석 주변을 닦는 일을 몇 번쯤 반복해야 할까? 부패한 바다 냄새를 풍기는 윈드서핑 장비로 뒤엉켜 있는 이 트렁크 안은 또 어쩔 것인가……. 헛웃음을 흘리며 여자는 생각한다. 어쨌거나 빨리 수습을 해야만 한다고. 남자가 바다에 다녀온 날 알아서 트렁크를 열어보지 않은 것 또한 따져보면 자신의 잘못일 거라고. 무조건 그렇게 생각한다. 편안한 마음을 불러들이는 방법을 터득한 사람답게, 의연하게.

여자는 숨을 멈춘 상태로 힘겹게 가방을 끌어낸 뒤 트
렁크 안에 탈취제를 뿌린다. 스프레이 방식으로 뿜어져 나
오는 화학 물질의 냄새에 문득문득 의식이 흐릿해진다. 트
렁크 안에서 뒹굴고 있으리라 생각했던 방향제는 어디로
갔는지 끝내 보이지 않는다.

남자가 스쿠버 다이빙에 취미를 붙이기 시작했을 때만
해도 여자는 그의 장비들을 꼼꼼히 챙겼다. 밤새 수돗물에
담갔다가 헹궈내어 하루 종일 그늘에서 말리는 일을, 그렇
게 해서 바닷물의 소금기가 걷힌 뒤에 맡을 수 있는 장비
특유의 고무 냄새를, 즐기기까지 했었다. 그토록 무거운
장비를 몸에 걸쳐도 물속으로 들어가 잠수를 하는 순간부
터는 거짓말처럼 그 무게가 전혀 느껴지지 않는다는 남자
의 말은 감미로웠다. 중력으로부터의 해방감. 뜨지도 가
라앉지도 않는다는 중성 부력 상태. 스쿠버 다이빙 장비를
만지면서 여자는 그런 말들의 느낌을 간접적으로라도 경
험해보고 싶었는지도 모른다. 자동차 안에는 항상 방향제
가 준비되어 있었고, 술에 약한 남자는 그저 집안에서 캔
맥주 정도나 즐기던 때의 얘기다.

"저 장비들 말이에요……. 물통에 담가놓는 일쯤은 당

신이 직접 하는 게 어때요?"

불만은 그렇게 시작되었다. 입덧과 함께 예민해질 대로 예민해진 후각은 고무 냄새와 바다 냄새를 별안간 거부하기 시작했다. 하지만 입덧이 사라진 뒤에도 불만은 사라지지 않았다. 오히려 하루하루 불러오는 배와 더불어 점점 더 부풀어 오르기만 했다. 거짓말처럼 그 배가 다시 꺼져버린 후에도, 불만은 사라질 생각이 없어 보였다.

바다에 다녀온 남자가 베란다에 장비들을 던져놓고 방치해두어도 여자는 모른 척하기 시작했다. 그렇게 며칠을 보내다가 결국에는 부패한 냄새를 참지 못하고 마지못해 그걸 씻어내는 일도 더러 있긴 있었다. 하지만 아이가 태어나면서부터는 그런 일조차 그만두었다. 무언가 하염없이 썩어가는 듯한 냄새를 막기 위해 베란다 문을 꼭꼭 닫아놓은 채 여자는 아이 곁으로만 파고들었다. 아이의 살냄새는 여자에게 전혀 다른 세상을 보여주겠노라고 유혹하고 있었다. 여자는 그 세상을 보고 싶었다. 전혀 다른 세상, 거기에 기꺼이 끌려들어가 익사하고 싶었다.

남자의 어머니는 6년 만에 손주를 낳아준 며느리의 직무유기를 묵인한 채 아들을 닦달하는 쪽을 택했다. 남자는 결국 스스로 장비를 씻을 수밖에 없었다. 하지만 트렁크에 넣어둔 채 며칠씩 잊어버렸다가 그대로 다시 착용하는 때도 많았다. 그러거나 말거나 여자는 신경쓰지 않았다. 그런 것 따위는 알고 싶지도 않았다. 알아야 할 것들, 알지 않아도 좋을 많은 것들이 아이와 함께 새롭게 다가왔다. 아이는 삶의 틀을 완전히 바꾸어놓았던 것이다.

아이에게 매달려 지내는 동안 남자의 취미가 바뀌었다는 사실을 여자는 한참 나중에야 알았다. 스쿠버 다이빙이나 윈드서핑이나 모두 웨트슈트라는 두꺼운 고무 재질의 옷을 입고하는 까닭이었다. 같은 재질의 장갑과 신발도 마찬가지였다. 남자는 변함없이 물이 뚝뚝 떨어지는 웨트슈트를 들고 들어왔고 여자는 그저 그러려니 했다. 하지만 자세히 살펴본다면 물안경이나 물갈퀴가 빠져있다는 것을 알았을 것이다. 구명조끼 모양으로 생긴 부력 조절기 대신에 크고 두꺼운 허리 벨트 모양의 하니스라는 장비를 발견할 수도 있었을 것이다.

하니스는 바람의 힘을 몸 전체로 분산시키는 역할을 한다. 허리와 엉덩이, 그리고 몸 전체로 바람을 다스리도록 도와주는 것이다. 돛을 잡은 팔목의 힘만으로는 어림없는 게 바람이다. 남자는 어느새 바닷속 세계를 벗어나 그 바람과 만나고 있었다. 등 뒤에 짊어진 공기통을 벗어던지고 수면으로 떠올라 바닷바람을 호흡하고 있었다. 바다 위를 달려가고 있었던 것이다. 하필이면 윈드서핑이냐고 물어볼 필요는 없었다. 선지승의 새로운 취미에 동참한 것이 분명할 테니까.

의사와 도배사. 같은 '사'자 돌림이라며 우스개를 곧잘 하던 두 사람이지만 그들 사이에서 공통점을 발견하기란 쉽지 않았다. 하지만 남자는 우연히 선지승을 알게 되면서부터 그에게 일방적으로 이끌려가고 있었다. 그를 따라 밖으로 맴돌면서 바람만 묻히고 다녔다. 최근 들어서는 그와 함께 밤늦게까지 술을 마시는 일도 부쩍 늘었다. 병원장인 아버지가 자신의 그런 모습을 못마땅해 한다는 사실을 알면서도 남자는 전혀 아랑곳하지 않았다. 남자가 외출한 늦은 밤 갑자기 응급환자를 알리는 벨 소리가 들려올 때마다 여자는 진저리를 쳤다. 하지만 안방문을 두드리며 시아버지에게 남자의 부재를 알려야 하는 역할은 여자에게 엄연히 주어진 것이었다. 여자는 벨 소리에 뒤척이는 아이를 다독거리지도 않고 무겁게 일어서곤 했다. 그때마다 아이가 울어주기를, 그래서 어른들이 아이 걱정부터 먼저 하게 되기를 바라면서…….

여자가 걸레를 집어던지고 허둥지둥 전화기를 찾기 시

작한다. 어디로 갔을까? 벨 소리는 한 옥타브씩 높아지고 기억력은 한 뼘씩 줄어든다. 어디에 두었을까? 점점 높아지는 벨 소리가 여자의 목을 조른다. 자동차 뒷좌석의 구석에서 무선 전화기를 찾아냈을 때 이미 여자의 귀는 먹먹해져 있다. 통화 버튼을 누르면서 호흡을 가다듬는다. 그 사람일까?

"여보세요?"

"왜 이제야 전화를 받아?"

겨우 가라앉힌 불결한 공기를 다시 일깨우는 목소리. 상체만 차 안에 구겨 넣은 불안정한 자세로 여자는 남자에게 말한다.

"차를 닦고 있었어요. 여기…… 차 안이에요."

"곧 선형이 올 거야."

"내일 아닌가요?"

"내일은 바다에 나가기로 했어."

그래서 오늘, 남자가 선형이라 부르는 선지승이 찾아오기로 했다는 것이다.

"알았어요. 준비하고 있을게요."

네 짝의 문을 모두 활짝 열어놓은 채 여자는 자동차 곁을 떠난다. 차 안에는 이제 어떤 흔적도 남아 있지 않다.

어딘가 미진한 느낌에 자꾸만 걸레질을 하게 만들었던 불편한 마음 따위는 햇볕과 시간에 맡겨버려도 괜찮을 것이다.

아이는 여전히 비디오 화면 앞에 앉아 있다. 여자는 물끄러미 아이의 옆얼굴을 바라본다. 매끈하고 단순한 얼굴선이다. 낮잠 잘 시간이 다가오고 있다. 아이는 일찍 일어나는 만큼 일찍 낮잠에 빠져들었다. 더없이 단순한 아이의 생활, 그것에 맞추면 여자의 생활도 저절로 단순해졌다.

처음 이 도시로 내려오면서 여자는 이곳 생활에 자신을 맞추면 되리라 생각했었다. 남쪽 바다에 면한 이 작은 도시에 맞춰 살아가다 보면 저절로 단순해지리라 생각했던 것이다. 하지만 생각처럼 쉬운 일이 아니었다. 마음을 평온하게 해주리라 기대했던 바다는 오히려 여자의 마음을 뒤흔들어놓곤 했다. 남자가 스쿠버 다이빙을 시작하면서 부터는 바다를 제대로 바라보는 일조차 힘들어졌다. 남자가 전해주는 바닷속 풍경은 여자의 마음을 번번이 흐트러놓았다. 그 풍경이 그대로 떠올라 섬이 되는 꿈, 그 섬을 향해 필사적으로 뛰어오르다가 깨어나는 꿈을 수도 없이 꾸었다.

여자가 기억하는 바닷속에는 웅크린 발광체가 있었다. 여자를 향해 무언의 신호를 보내던 발광체. 그 바닷속으로부터 황급히 솟구쳐 도망쳐온 여자는 마치 몸속에 기포가 생겨버린 감압병 환자처럼 힘들어 했다. 물속 깊이 들어간 사람이 급상승했을 때 생겨나는 감압병을 치료하려면 다시 그 깊은 곳의 상태로 되돌아가는 수밖에 없었다. 그리고 아주 천천히 다시 올라와야 하는 것이다. 하지만 여자는 그 바다로 다시 돌아가는 대신 더 깊고 안전한 호수로 잠수하는 방법을 택했다. 깊이, 아주 깊이.

단지 아이를 낳는 것만으로 그런 일이 가능하다는 것은 신기한 일이었다. 아이를 낳으면서 여자는 놀랍도록 단순해졌다. 뜻대로 되지 않았던 일들, 끝내 꺾을 수 없었던 욕망들 때문에 힘들어할 필요가 없어졌다. 그 모든 것을 그대로 아이에게 투사하면 마음이 편안해졌다. 아이가 지니고 태어난 그 많은 가능성과 시간이 모두 자신의 것인 양 여겨졌다. 여자는 아직도 자신의 인생이 절반 이상 남았다는 사실을 잊은 채 성급히 스스로의 삶을 폐기했다. 폐기하는 것은 방치하는 것보다 훨씬 더 쉽고 짜릿한 일이었다. 모든 고민은 사라지고 아이에 대한 집착만이 남았다.

칭얼거리는 갓난아이와 씨름하다 잠깐씩 맛보는 잠은 꿈도 없이 깊었다. 아이는 자라면서 점점 더 여자의 손을 필요로 했고 그에 따라 여자는 자기 자신을 쉽게 잊어갈 수 있었다. 삶은 비로소 여자에게 너그러움을 보여주기 시작한 것이었다. 그렇게 흘러간 3년의 세월. 그러나.

"지금 여행 중이야. 내일이나 모레쯤 그쪽에 닿을 것 같아. 도착하면 전화할게."

발광체는 그렇게 느닷없는 신호를 보내왔다. 그러나 여자는 건조한 목소리로 말했다.

"여긴 시부모님과 함께 사는 곳이에요. 이렇게 전화하면 곤란해요."

하지만 그가 말한 내일인 오늘, 여자는 아침부터 전화기를 주시하고 있다. 시어머니의 외출을 다행으로 여기면서.

여자는 비디오 덱에서 만화 테이프를 꺼내고 어린이 영어 테이프를 집어넣는다. 1층에서 3층까지 병원이 차지하고 있는 건물, 남북으로 길게 놓여서 수용소의 느낌을 주는 이 건물의 4층에서 여자는 이렇게 하루를 보낸다. 시아버지와 남편이 병원으로 출근하고 난 뒤, 아이의 손발이 되고 시어머니의 심부름꾼이 되면서. 아이가 쑥쑥 자라는 만큼 여자의 삶도 그 윤곽이 또렷해지고 있었다. 이런 삶 속으로 발광체 따위가 끼어들어서 어쩌겠다는 말인가.

여자는 북쪽 베란다로 다가간다. 멀리 선지승의 낡은 소형차가 나타나기를 기다리면서 밖을 내다본다. 선지승은 오늘 아이의 방을 도배해주기로 했다. 동화풍의 야광 벽지도 준비되어 있다. 도배가 끝나면 여자의 삶은 좀 더 또렷해질 것이다. 남자가 제자리를 찾기만 한다면.

"파도타기란, 자아를 함몰시켜 새로운 자아를 발견하는 거야."

어젯밤 남자는 또 그 영화를 보았다. 폭풍 속에서 파도를 타다가 그 파도 속으로 사라지는 주인공의 대사를 빼놓지 않고 따라했다. 술에 취해 귀가한 남자는 아이의 영어 테이프를 거칠게 빼버리고 그 영화의 테이프를 집어넣었다. 여자는 한때 남자를 둘러싼 바람 소리를 가슴 두근거리며 들었던 적도 있었지만, 이제는 두려웠다. 남자가 정말 바람을 향해 달려가는 건 곤란한 일이었다. 여자는 이미 자아를 함몰시켜 새로운 자아를 발견한 터였다. 함몰의 대상은 파도타기가 아니라 아이였다. 그 아이를 위해서 아이의 아빠는 제 자리를 지켜줘야만 했다. 술 마시는 분위기에 취했던 시절을 기억조차 하기 싫어하는 여자는 뒤늦

게 술을 배워 차 안에서까지 구토를 해대는 남자를 이해할
수 없었다.

"이 녀석은 자유롭게 살게 할 거야."

아이를 바라보며 그렇게 말하는 남자의 마음까지 이해
못할 것은 아니었다. 아버지의 뜻에 따라 의사가 되었고
아버지의 뜻에 따라 이 작은 도시에 머물고 있는 남자가
자신의 아이만큼은 제 의지대로 살게 하고 싶어 하는 것은
이해하고도 남음이 있었다. 그러나 대책 없는 낭만이 무슨
도움이 될 것인가. 아이를 자유롭게 하기 위해서라도 남자
는 스스로 중심을 잡아야 하는 것이다. 단순함으로 굳어
져가는 자신의 일상을 뒤흔들고 있는 남자가 여자는 불만
스럽고 불안하다. 거기에 느닷없이 발광체까지 찾아든 지
금. 여자는 베란다 난간을 붙잡고 저도 모르게 한숨을 내
쉰다.

"저는 종종 바람의 중심에 서서 그 평온함을 즐기기도
하는데…… 그는 다르죠. 오로지 속도만을 즐겨요. 바람
을 이용해서 끝없이 달려가기만 하거든요. 하지만 초보일
때부터 무척 능숙하게 잘하는 편이었는데, 아마 뜻밖의 상
황에 당황했나 봐요. 세일이 쓰러지면서 자기 몸을 완전히

덮쳐버렸으니……."

마당에 늘어놓은 윈드서핑 장비를 바라보며 선지승은 지난주에 바다에서 일어난 일을 말하고 있다. 남자에게는 그날 무척 위험한 상황이 발생했다고 한다. 남자가 스쿠버 다이빙을 하던 시절, 급상승을 피해서 부력 조절기를 칼로 찢었던 일이 여자의 머릿속에 떠오른다.

"세일을 찢지는 않았나요?"

"아뇨. 의외로 포근하더래요. 육 점 팔 제곱미터나 되는 세일과 바닷물 사이에 갇힌 그 기분이……. 그가 아주 천천히 헤엄쳐 나오는 모습은 마치 영화의 한 장면 같았죠."

"좋아하는 걸 하다가 죽는 건 비극적일 수 없다고 하진 않던가요?"

이제는 여자도 그 영화의 대사를 외우고 있다.

"폭풍 속으로! 그랑 브루 못지않은 영화죠."

여자가 돌연 재채기를 한다. 낡은 벽지를 뜯어내면서 생긴 먼지가 방안을 떠다니고 있다.

"알레르기 비염이죠? 지난번에 레이저 수술을 받았다고 하지 않았나요?"

"네, 하지만 재발했어요."

"꽃가루나 집 먼지 진드기 같은 특정 물질 때문에 과민 반응을 보이는 게 알레르기인데……. 원인 물질이 뭔지 알고 있나요?"

"글쎄요. 대체 내 몸이 무엇에 과민 반응을 일으키는 걸까요?"

"현실적으로 수백 종류나 되는 알레르기 유발 인자를 정확히 찾아서 차단하기는 어렵죠. 그러니까 원인 물질을 만나도 과민 반응을 일으키지 않도록 체질을 보강하는 게 중요해요. 한방에서는 알레르기를 폐나 위장이 허약해서 생기는 질환으로 본다더군요."

"하지만 쉽지 않은 일이에요. 알레르기는 인류 최후의 적이 될 거라는 말을 어디선가 봤어요. 그만큼 치료가 어렵다는 얘기겠죠."

"그 최후의 적을 이겨내지 못하면 어떻게 될까요? 공룡처럼 멸종하고 말까요?"

"알레르기 비염 때문에 사람이 죽지는 않아요."

공룡이라는 말이 듣기 싫어서 여자는 단호하게 말한다. 공룡 따위에나 집착하는 선지승과는 이제 더 이상 얘기하고 싶지가 않다. 하지만 그는 이미 자신이 내뱉은 공룡이라는 단어에 취해서 말을 이어가고 있다.

"어쨌든 그 흔적은 남아 있겠죠. 지난해에 우포늪에서

발견된 일억 천만 년 전의 공룡발자국처럼 말이죠. 아니면 진성에서 발견된 일억 년 전의 철새도래지처럼."

공룡의 흔적, 그게 무어 그리 중요한가. 그 시절 이곳이 호수였든 바다였든 땅이었든 무슨 상관이랴. 중요한 것은 현재, 그리고 미래일 뿐. 사라지려면 완벽하게 흔적 없이 사라질 것이지 그런 발자국 따위를 남겨서 어쩌자는 말인가. 그걸 발견해내고 기억해내어 또 어쩌자는 말인가. 그렇게 생각하며 여자는 선지승의 말들을 애써 무시한다.

"우포늪 근처의 화석은 깊이 이십 센티, 너비 오십 센티라니 굉장하지 않아요? 다섯 개나 된대요. 게다가 중생대 백악기의 빗방울 화석도 수백 개나 발견되고, 오리류의 발자국, 새의 깃털 짓 화석도 발견되었어요. 진성에서는 새 떼와 공룡발자국 화석이 무더기로 나왔고⋯⋯. 이 일대가 공룡의 주 활동무대였음이 증명된 셈이죠. 참, 아직도 고성에 안 가보셨나요?"

여자는 고개를 끄덕인다. 선지승의 입에서 솟아나는 말의 거품에 질려버린 표정이다.

"바로 이 근처인데 왜 여태 안 갔나요? 거기에 가면 공룡들이 뒤뚱거리며 걸어가는 모습이 보이는 것 같아요. 소설 쓰는 사람들에겐 상상력을 펼치기에 더없이 좋은 곳이죠."

"소설……. 소설도 아마 곧 멸종되지 않을까요? 너무 예민하니까요. 과민반응을 보이면 견디기 힘든 세상이잖아요."

여자는 그때 왜 공룡 발자국을 보러가지 못했는지 스스로 알고 있다. 그곳을 찾았다면 무언가 거대한 것에 압도되어 그 어두운 바닷속으로 다시 들어가려 했을 것이다. 아이를 낳기 위해 인공수정을 시도하는 일은 엄두도 내지 못했을 것이다. 그러므로, 이제 와서 새삼스럽게 공룡 발자국 따위를 찾아가는 일은 여자에게 일어나지 않을 것이다.

여자에게서 더 이상 공통의 화제를 끌어낼 수 없다고 생각한 선지승은 묵묵히 도배에 열중하기 시작한다. 낮잠에서 깨어난 아이가 엄마를 찾는 소리가 들려온다. 여자는 무선 전화기를 챙겨들고 아이에게로 향한다.

"저, 아까운 바람."

베란다에 선 남자가 탄식처럼 내뱉는다.

"태풍이 시작되려는 거예요. 저건 위험한 바람이에요."

여자는 혀를 차듯 말한다. 윈드서핑을 하는 사람들은

센 바람을 양질의 휘발유로 느낀다는 것을 그녀도 이제 알고 있다.

"그런데 당신, 지난주에 바다에서 죽을 뻔했던 얘기를 왜 나한테 안 했어요?"

"죽을 뻔? 아, 선형이 얘길 했군. 하지만 그건 과장이야. 흠뻑 젖어서 뭍으로 나왔는데 왠지 그렇게 과장을 하고 싶더군. 다만, 그 순간 죽을 수도 있겠다는 생각은 했어. 이러다가 죽을 수도 있겠구나, 여기서 빠져나가지 않고 머뭇거린다면……. 사실은 어젯밤에도 그런 기분이었어."

"어젯밤? 차 안에서 토할 때 말인가요?"

"그래. 운전을 하는 도중이었는데……. 그 순간 트럭이 지나가더군. 아슬아슬하게 스쳐갔지."

여자는 순간 눈이 부시다. 술에 취한 채 차를 모는 남자, 구토하는 그 남자의 곁으로 스쳐가는 트럭의 불빛.

"도대체 왜 그래요? 요즘 들어서 왜 자꾸 그렇게 무모한 짓을 해요?"

"글쎄, 나이 탓일까? 당신은 내가 벌써 마흔 살이란 거 알아?"

"그게 어쨌다고 그래요? 혼자만 나이 먹는 것도 아닌데……."

"그래……. 하여튼 선형도 큰일이야. 쓸데없는 얘기나 하고 다니고 말이지. 어서 빨리 결혼이나 해야 할 텐데……."

"소설을 쓰고 싶다는 사람이잖아요. 비범하게 살아가려면 결혼 같은 건 해서는 안 되는 줄 아는 모양이죠. 그러면서도 여태 제대로 된 작품 하나 쓰지 못하고."

여자는 이제 선지승의 꿈을 비웃는다. 한때 자신도 꿈꾸었던 일이기에 더욱 신랄하게 비웃는다. 해방문학 서클, 이제는 기억조차 희미한 이름을 일깨우던 그 사람의 목소리가 떠오른다.

"그동안 내가 어떻게 지냈는지, 어떻게 변했는지 궁금하지 않니?"

"알고 싶지 않아요. 내가 어떻게 변했는지 알려주고 싶지 않듯이."

그 사람이 말한 내일이 저물어가고 있다. 전화는 걸려오지 않았다. 하지만 아직 끝난 건 아니다.

"내일 차 좀 쓸게요. 정우 엄마랑 동백꽃을 보러 가기로 했어요."

"그렇게 해. 난 내일 오후에 바다에 나갈 거야. 정우 아빠도 함께 갈 거니까 그 녀석 지프를 타면 되겠군."

내일은 그 사람이 말한 모레다. 여자는 다시 한 번 전화기를 바라본다.

"차 안에서 향수 냄새가 나는 것 같지 않아?"

"내가 뿌렸어. 기분 전환을 좀 하려고."

혹시 남자가 차 안에서 구토를 한 걸 눈치챈 건 아닐지, 여자는 정우 엄마의 눈치를 살핀다.

"그렇구나. 난 또 웬 여자의 흔적인가 했지. 사실 내가 요즘 그런 문제로 좀 예민해져 있거든. 오늘은 남자들끼리 바다로 나간다니 걱정이 덜하지만…….. 설마 거기서 여자들을 만나는 건 아니겠지? 돌아오면 지프 안의 냄새를 확인해봐야겠어. 난 냄새를 잘 맡거든."

코를 킁킁대는 정우 엄마의 모습을 상상하며 여자가 웃는다. 그러나 왠지 곧 쓸쓸해진다.

"웃을 일이 아니야. 무슨 근거로 남편을 그렇게 믿어? 남자들이 모여서 바다가 아닌 다른 곳으로 갔을 수도 있다고."

봄이 되면 정우 엄마의 기미는 더욱 짙어진다. 그 얼굴을 바라보며 여자가 쓸쓸히 말한다.

"윈드서핑 때문에 바다에 푹 빠진 남자가 딴 여자를 만

나는 남자보다 나을 게 뭐가 있을까?"

"하긴. 그거나 이거나 바람이니까. 우린 그저 꽃구경이나 하자고."

남의 얼굴에서 짙어진 기미나 발견하면서 봄을 느끼는 건 재미없는 일이다. 여자는 차에 시동을 걸고 동백꽃 피는 마을을 향해 집을 떠난다. 마당의 나무들은 벚꽃을 터뜨리려고 몸을 비틀고 있다. 사람들은 이제 곧 거리로 쏟아져 나올 것이다. 꽃과 바다와 계곡과 단풍과 이름난 식당을 좇아서 평균치의 인간들은 때를 맞춰 무리지어 다닌다. 그러한 군중 속에 속해 있을 때 여자는 비로소 편안함을 느낀다.

"바람 얘기가 나와서 말인데, 내가 전에 말했던 그 여자 있지, 결국 남편한테 다 털어놓고 이혼해버렸대. 미쳤지. 애들 내팽개치고 그게 뭐야?"

아이가 셋이나 되는 정우 엄마가 흥분하며 말을 계속한다.

"그렇게 좋았을까? 뭐가 그렇게 좋았을까? 남편보다 훨씬 보잘 것 없는 남자라는데……."

"뭔가 좋은 게 있었겠지."

여자는 그렇게 말하면서도 속으로 고개를 젓는다. 모든

걸 다 버리면서까지 얻어야 할 만큼 대단한 것은 세상에 존재하지 않는다. 아무리 절실한 것도 돌아서면 머지않아 무의미해지는 것이다. 그런 생각을 하는 여자에게 느닷없이 재채기가 찾아든다.

"괜찮아? 감기는 아닐 테고⋯⋯. 꽃가루 때문인가? 아니면 황사 바람? 그러고 보니 이것도 바람하고 관련이 있네."

"아냐. 그저 좀 예민해졌을 뿐이야."

그해 여름, 처음으로 재채기가 시작되던 날에도 여자는 군중 속에 있었다. 그러나 지금 여자가 즐겨 찾아다니는 군중과는 다른 의미의 군중이었다. 최루탄 냄새 가득한 거리에서 여자는 난생 처음 온몸을 뒤흔드는 발작적인 재채기를 경험했다. 그러나 그 여름이 지나도 세상은 변하지 않았다. 오로지 그 사람의 눈빛만이 변했다. 하지만 그런 것들이 여자의 어처구니없는 솟구침을 변명해주지는 못할 것이다.

정우 엄마는 끊임없이 남편에 대한 불만을 늘어놓고, 여자는 말없이 가속 페달을 밟는다.

동백꽃은 지난봄과 다름없는 모습이었다. 여자는 그

사실에 안심하며 집으로 돌아왔다. 놀이방에 맡겨놓은 아이는 여자가 갔을 때 잠들어 있었다. 아침 일찍 외출했던 시어머니는 여자와 거의 동시에 집으로 들어섰다. 시아버지는 여느 때와 다름없이 병원을 지키고 있었고 남자는 아직 바다에서 돌아오지 않았다. 그리고 자동 응답기는 깨끗했다.

허전한 마음으로 전화기를 바라보던 여자가 화들짝 놀란다. 텅 빈 마음에 파문을 일으키는 전화벨 소리.

"큰일 났어. 지금 해안 경찰서에서 전화가 왔는데…….정우 아빠 차에 탔던 사람들이 바다로 나가서 돌아오지 않는다고 주민들이 신고를 했대. 어떻게 해? 우리 이제 어떻게 해?"

정우 엄마의 목소리가 울먹이고 있다. 하지만 여자의 마음은 놀라우리만치 차분하게 가라앉는다.

"그래서 어떻게 하라는 거야? 경찰서에서 뭐라고 그래?"

"뭐라고 하긴……. 우리가 빨리 그쪽으로 가봐야지. 어서 와서 나 좀 데려다줘."

"알았어. 지금 출발할 테니까 마음 가라앉히고 기다리고 있어. 아무 일 없을 거야."

여자는 전화를 끊고 안방으로 가서 침착한 목소리로 시어머니에게 말한다.

"애비가 차를 몰고 나오라네요."

아이는 거실 한쪽에서 작은 북을 두드리며 놀고 있다. 평온한 풍경이다. 여자가 현관문을 미는 순간, 시아버지가 들어선다. 그들을 뒤로 하며 계단을 내려가는 여자의 발걸음은 전혀 흔들리지 않는다. 어쩌면 더욱 단순해질 수 있으리라는 기대감 때문일지도 모른다. 바람이 불 때마다 흔들리던 남자, 그리고 그 곁에서 불만을 삼키던 여자. 그들의 일상에 무언가 변화가 찾아오고 있는 것이다. 어떤 변화가 다가오든 저 병원 건물 안에서 아이는 든든한 조부모와 함께 살아갈 수 있을 것이다. 그것만 가능하다면 여자에게는 더 이상 두려운 게 없다.

바람이 제법 강하다. 싸늘한 밤공기를 맞으며 여자는 생각한다. 오늘 바닷바람은 과연 얼마나 강했을까. 여자는 고개를 들어 하늘을 바라보며 바람을 가늠해본다. 심상치 않은 공기가 여자의 후각을 자극한다.

그리고 운전석 문의 손잡이를 잡아당기는 순간 튀어나오는 냄새. 향수의 잔향에 뒤섞인 남자의 흔적. 삶에 대한 토악질의 흔적. 여자는 허리를 꺾으며 재채기를 시작한다. 멀리 가로등 불빛이 여자의 젖은 눈 속으로 일렁이며 들어온다.

"왜 이렇게 예민해졌지?"

여자는 스스로에게 묻는다. 그리고 곧 스스로에게 말한다.

"괜찮아. 다 괜찮아. 그 사람은 이제 다시 전화를 하지 않을 거야. 이 남자도 어쩌면 바다에서 돌아오지 못할 거야. 돌아온다 해도 아마 예전의 그가 아닐 거야. 그래도 나는 여기에 있어. 내 아이와 함께."

중얼거리다 보니 어느새 눈앞이 맑아졌다. 여자는 천천히 차에 올라 시동을 걸고 헤드라이트를 켠다. 이 좁은 불빛만으로도 어디든지 달려갈 수 있다. 어둠이 내려앉는 거리에서 불빛은 여자가 가야 할 길을 더욱 또렷하게 부각해줄 것이다. 창문 네 개를 모두 활짝 열자 싸늘한 바람이 여자에게로 몰려온다. 이제, 가속 페달을 밟을 일만 남았다.

너의 거짓말

커튼을 닫으면 공간이 숨을 쉬는 것 같아. 소리의 흐름을 따라 누군가 호흡을 시작하는 게 느껴지거든. 공기는 점차 밀도가 높아지고 음파는 점점 더 농도가 짙어지지. 그리고 나와 함께 음악에 귀를 기울이고 있는 존재가 막연하게나마 감지되는 거야. 그게 사람일 리는 없어. 영혼 따위는 더더욱 아니지. 내가 그런 걸 믿지 않는다는 거, 너도 잘 알지? 그래, 그건 틀림없는 이 공간이야. 한쪽 벽면을 다 차지한 유리창 때문에 바깥세상과 경계를 짓지 못하다가 두꺼운 커튼을 쳐줄 때에야 비로소 숨을 쉬기 시작하는 이 공간. 좁지만 안락한 이 공간과 함께 음악을 듣는 게 나는 참 좋아. 하지만 이런 밤이면 좀 난감하지. 공간에 생명을 불어넣기 위해 커튼을 치면 창밖의 야경을 볼 수가 없잖아. 저 유리창 너머로 보이는 도심의 현란한 불빛들을 즐기려면 이 공간의 존재감을 포기해야만 해. 음악 소리의 넉넉한 질감도 얼마간 포기해야 하지. 오늘처럼 유난히 지쳐버린 날이면 이런 상황이 참 견디기 힘들어. 커튼을 닫고 공간을 음미하는 것과 커튼을 열고 세상을 관조하는 것은 왜 함께 누릴 수 없는 걸까? 음악의 짙은 맛과 여린 맛을 동시에 맛보는 건 왜 불가능하지? 왜 우린 늘 무언가 하나를 선택해야만 하는 걸까?

그렇게 에둘러서 말할 거 없어.

뭘?

네가 지금 궁금해하는 게 뭔지, 다 안다는 얘기야.

내가 궁금해하는 거?

인수 씨한테 그 말을 했는지, 어떤 대답을 들었는지, 그래서 어떤 일이 벌어졌는지…… 궁금한 거잖아, 너.

그래, 그런 거 모두 궁금해. 하지만 그것 때문에 에둘러서 말한 건 아냐. 난 그냥…… 좀 쓸쓸해졌을 뿐이야. 너무 피곤한 밤이라서 그런지…….

넌 늘 밤이면 피곤하다고 했어. 늘 바쁘다고 했지. 유난히, 오늘따라, 하필이면……. 그런 단어들을 네가 얼마나 잘 쓰는지 알아? 너의 하루는 언제나 특별했어. 맞아, 너는 남다른 여자야. 그런 네가 나한테 전해주는 얘기들

도 늘 남다르고 특별했지. 더구나 엊그제 들려준 이야기
는 내가 주인공이었으니 얼마나 남다르고 특별하게 들렸
는지 몰라. 물론 엄밀히 말하자면 주인공은 내가 아니라
인수 씨였지. 하지만 나처럼 평범하게 살아가는 여자에게
는 남편이라는 존재가 때론 나보다 더 강력하게 나를 드러
내는 법이거든. 인수 씨는 나의 남편이고 나의 현재야. 내
가 매일 쓸고 닦는 이 넓은 집만큼이나 상징적으로 나를
드러내는 존재란 말이야. 그런 인수 씨에 대해서 네가 말
했어. 나도 전혀 모르고 있던 인수 씨의 어떤 모습에 대해
서……. 그리고 궁금했겠지. 우리 둘 사이에 어떤 일이 벌
어졌을지, 나는 지금 어떤 심정이 되어 있을지, 너무 너무
궁금해서 이 늦은 시간에 전화를 한 거잖아. 아니면, 오늘
도 이 시간까지 인수 씨가 안 들어온 걸 확인하고 싶어서
전화한 거니? 누구랑 함께 있는지 상상해보라고 전화한
거야?

그 얘기, 덮어버리고 싶니? 그럼 그렇게 하자.

잘난 척하지 마. 함부로 동정하지도 마.

외면한다고 해서 그 상황이 사라지는 건 아니야.

나도 알아. 너만 아는 게 아니라고. 다만, 너는 아는 걸
말하고 행동하며 살아왔을 뿐이야. 그러니까 나한테 새삼

스레 알려줄 필요 없어. 나는 단지 말하지 않고 행동하지 않으면서 살아왔을 뿐이니까. 20년 동안 우린 그렇게 다르게 살아왔어. 그러니까, 그러니까…… 입 다물어, 너.

네가 인수 씨를 봤다는 곳, 거기가 어딘지 말해 줄 수 있지? 어려운 일은 아니잖아.

어려운 일 아니지. 그만큼 중요한 일도 아니야. 아니, 오히려 불필요하고 번잡한 일일 뿐이야. 너, 거기 직접 가보려는 거잖아. 가면 뭐가 달라지니? 그 카페에 앉아서 대체 뭘 상상하려는 거야? 인수 씨가 그 여자와 함께 앉았던 자리도 구체적으로 알려줄까? 네 상상력에 날개를 달아줄 수 있는 방법은 많아. 하지만 상상은 또 다른 상상을 불러오는 법이지. 난 네가 상상의 감옥에 갇히길 원하지 않아.

그렇다면 처음부터 나한테 그 얘길 하지 말았어야지.

난 너한테 숨기는 게 없잖아.

그래……, 우린 뭐든지 서로 얘기했었지.

게다가 넌 현실적이잖아. 이런 일에도 얼마든지 현실적으로 대처할 거라고 생각했어. 그런데 너답지 않게 화를 내고, 떼를 쓰고……. 이런 건 정말 예측하지 못했던 일이야.

넌 늘 모든 걸 예측하면서 살아왔니? 그 예측이 항상 맞아떨어졌어?

적어도 너에 대해선 예측할 수 있다고 생각했어. 난 널 잘 아니까. 너도 나에 대해 마찬가지일 거라고 생각했어. 그건 우리가 함께 지내온 시간이 우리에게 안겨준 선물 같은 거라고 여겼지. 시간을 공유하면서 키워온 상자 속에 가득 들어찬 선물……. 그런데 지금, 그 선물 상자가 텅 비어 있는 걸 발견한 기분이야. 처음부터 비어 있던 상자를 놓고서 내가 오랜 시간 착각하고 있었던 걸까? 아니면, 어느 순간 상자 속의 내용물이 다 소진되어 버린 걸까? 아무튼 좀 당황스러워. 난 그동안 너에 대해서 뭘 알고 있었던 걸까? 너만 나에 대해서 알고 있었던 거니?

거기가 어딘지 말해줘. 난 지금 그게 필요해.

그런 건 현실적으로 아무런 도움이 안 돼.

현실적? 현실이라는 걸 네가 제대로 알기나 하니? 대학 다닐 때도 아르바이트 한 번 안 해본 너였잖아. 세끼 꼬박 밥상을 차리고 치우면서 나날을 보내본 적도 없잖아. 시모한테 파출부 취급을 당해본 적도, 옷 입은 채로 똥오줌을 싸버린 아이를 씻겨준 적도, 술 취해 마구 토하고 쓰러진 남편을 닦아준 적도 없지. 그런 네가 현실을 얘기한다는 게 우스워. 물론 넌 세상이 알아주는 커리어 우먼이지만, 네가 컴퓨터 앞에서 손끝으로 다루는 현실은 그걸 떠받치는 밥과 집의 현실에 비하면 그저 막연한 숫자에 불과할 따름이야.

그런 식으로 얘기하면 난 할 말이 없어.

그러니까 알려줘. 거기가 어딘지, 두말 않고 알려달란 말이야. 내 남편과 그 여자가 그렇게 다정한 모습으로 앉아 있었다는 거기, 너희 회사 근처라고 했지? 내가 내일 점심시간에 그쪽으로 갈게. 함께 밥을 먹고 그 카페로 가보자. 그렇게 해줄 수 있지?

생상스구나. 서주와 론도 카프리치오소. 샤를 뒤투아와 협연한 정경화가 틀림없어. 트레차코프는 어딘지 안쓰럽고, 주커만은 왠지 처량하고, 프란체스카티는 묘하게 비장하거든. 이 곡에 이렇게 맹렬한 감정을 실어내는 연주자는 정경화밖에 없어. 물론 누가 연주하든 끝내 터져나오는 열정을 숨길 수는 없지. 생상스의 밑그림에 바이올린이 색채를 더하면 저절로 그렇게 되어버리나 봐. 가슴 속 깊은 곳까지 단숨에 도달하는 이 소리……. 냉소 따위는 떨쳐버리고 좀 더 뜨거워져야 한다고 말하는 것 같지 않니? 그래서 난 지치고 우울할 때면 바이올린을 들어. 삶이 도무지 내 편이 아니라고 여겨질 때나 그냥 편하게 현실에 안주해 버리고 싶을 때에도 바이올린 소리에 귀를 기울이지. 무너 지지 않으려고, 설득 당하지 않으려고, 삶을 내 옆에 붙잡 아두려고…….

이런 음악이 흐르는 곳은 인수 씨 취향이 아니야.

하지만 네 남편은 분명히 여기에 있었어. 아마도 이런 곳이 취향일 한 여자와 함께.

그래, 열정이 느껴지는구나. 바이올린 소리가 곧바로 날 찌르는 것처럼 다가와.

이 곡을 녹음할 때 정경화는 서른 살이었어. 절정이었지.

그 여자도 서른 살쯤 되어 보인다고 했지?

아마도. 하지만 잘 모르겠어. 내가 원래 사람 나이를 잘 못 알아보잖아. 게다가 서른 살이라는 나이에 많이 집착했 던 터라…….

기억 나. 서른 이전에 뭔가 이루어야 한다고 늘 얘기했 었지. 정말 서른 살이 되었을 땐 충분히 이룬 것 같았는데 도 넌 계속 투덜거렸어. 그리고 삼십대가 다 저무는 지금 까지도 계속 투덜거리면서 어딘가로 달려가고 있지. 제자 리에서 아이 둘만 키우고 있는 나는 지금까지도 네가 내 옆에 있다는 게 신기할 때가 많아. 네가 아니라면 난 내 나이를 의식하지도 못하고 살았을 거야. 사실, 나이 같은 거 의식하지 않으면서 살고 싶은 게 내 욕심인데……. 그 냥 편안하게 빨리 늙어버리고 싶어. 아이들도 어서 다 커 버리면 좋겠고, 인수 씨도 빨리 늙어버리면 좋겠어. 이런 일에도 휩쓸리지 않을 만큼 충분히 늙어버리려면 대체 몇 살쯤 돼야 하는 걸까? 예전엔 서른일곱 살쯤 되면 편안해 질 거라고 생각했어. 막상 서른일곱 살은 그 나이를 제대 로 의식하지도 못한 채 지나가버렸지. 그만큼 생활에 바 빴고 또 그만큼 불안함은 없었던 것 같아. 그래서 난 내가 다 늙어버린 줄 알았나 봐. 며칠 전까지만 해도 난 정말 그렇게 생각했었어. 네가 느닷없이 덴파레 화분을 사들고 와서 인수 씨 얘기를 전해줬던 그날까지만 해도…….

여기까지 널 데려온 내가 미운 거구나.

정말 미워해야 할 상대가 누군지, 그 정도는 나도 알아. 지금 내 문제는…… 대상이 아니라 감정이야. 미움? 증 오? 분노? 그런 것도 일종의 열정인가 봐. 마땅히 솟아나 야 할 감정이 제대로 솟아나지 않을 때, 이럴 땐 대체 어 떻게 해야 하는 거니? 여기까지 와서도 그저 담담하기만 하다는 건 분명히 내 감정 체계에 문제가 생겼다는 얘기일 거야. 열정과 관련된 부분에 큰 문제가 생기지 않고서야 이럴 수가 있을까? 상황에 적합한 감정이 솟아나주질 않는다는 거, 이건 재앙이야. 난 지금 그저 짜증이 날 뿐이라고.

나이 탓일까? 나도 가끔 너 같은 증세에 시달려, 요즘…….

인수 씨가 잠이 들면 난 조용히 옷방으로 가서 그의 주머니를 뒤지기 시작해. 우선 다이어리를 살펴본 뒤에 그날 받아온 카드 영수증이나 명함, 메모지 따위를 꼼꼼하게 뒤져보면서 몇몇 글자들은 내 수첩에 옮겨 적기도 하지. 그리고 옷방과 안방과 서재와 거실의 휴지통을 차례로 열어보고 빨래 바구니까지 열어봐. 그 안에 인수 씨가 퇴근 후에 내놓은 것이 보이면 어김없이 끌어내서 관찰하고 냄새를 맡아야 하니까. 정말로 코를 대고 킁킁거리면서 냄새까지 맡아. 우습지? 그래, 이런 게 현실이야. 너는 죽었다 깨어나도 모를 현실…….. 마지막으로 인수 씨 휴대폰을 손에 쥐고 골방으로 들어가서 벽에 기대앉으면, 참을 수 없는 웃음이 터져 나오기도 하지. 키득거리면서 통화 목록을 확인하고 문자 메시지를 뒤져보는 내 모습을 상상해봐. 의심스러운 부분이 보이면 휴대폰 액정 화면에 카메라를 들이대기도 해. 정말 우습지? 이런 게 바로 현실이라고.

그런데…… 왜 그렇게 화를 내면서 말을 하니?

내가 무슨 화를 냈다고 그래?

봐, 지금도 화를 내고 있잖아. 그렇게 두려워? 모든 게 현실로 드러날까 봐 그렇게 두렵냐고. 인수 씨 행적이나 뒤져서 뭘 어쩌겠다는 거니? 의심만 쌓아가면서 왜 그렇게 스스로를 괴롭혀? 그냥 담백하게 물어보면 되잖아. 그 여자에 대해서 알고 싶다고…….

현실적으로 도움이 되는 일이 어떤 건지 너는 몰라. 진짜 현실을 넌 정말 모른단 말이야. 무턱대고 물어보면 인수 씨가 사실대로 인정할 것 같아? 섣불리 물어보는 건 그 인간한테 도망갈 길만 터주는 셈이야. 그래봤자 무조건 부인하고 더 교묘하게 나를 속이려 들겠지. 그러니까 이렇게 아무 것도 모르고 있을 때 물증을 찾아내야 해. 알겠어? 이게 바로 현실적으로 대처하는 모습이야. 어때? 현실에 도움이 되는 일이 어떤 건지 이제 알겠니? 하긴, 네가 결혼에 대해서 뭘 알겠어? 한순간에 이렇게 구차해지는 처지를 넌 결코 이해하지 못할 거야.

그동안…… 지나치게 너를 억누르면서 살아온 모양이

구나. 어떤 상황이든 담담하게 받아들이고 냉정하게 행동하던 너였는데……. 그게 모두 너 자신을 제어한 결과였던 거니? 애써 억누르고 다스리다가 이렇게 불쑥 엉뚱한 곳에서 터져 나올 만큼?

잘난 척하지 마.

이것 봐. 넌 정말 이런 식으로 말하는 애가 아니었어. 네 말대로 내가 덴파레 화분을 사들고 갔던 그날부터 많은 게 달라졌어. 그날 이전에 너는 결코 이런 말투를 쓴 적이 없었잖아. 이렇게 감정을 격하게 드러내면서 거친 말을 한 적은 정말 한 번도 없었어.

하지만 넌 늘 직설적으로 말하면서 네 감정을 거침없이 드러냈지.

맞아. 그런 날 다독이는 건 언제나 네 몫이었고……. 그래서 지금 네가 더 낯설어.

왜? 왜 난 그러면 안 돼? 넌 늘 그래왔으면서.

안 된다는 게 아니라 부자연스럽다는 얘기야. 예전의 너와 지금의 너 사이에 커다란 간극이 생겨났고 지금 너의 감정 상태와 행동 양식 사이에 지극한 불균형이 생겨났다는 얘기지. 그래서 위태로워 보여.

걱정 마. 그래도 현실 감각은 잃지 않을 테니까. 너처럼 앞뒤 가리지 않고 달려들다가 뻔한 거짓말에 속아 넘어가는 일 따위는 겪지 않을 거야.

그건 또 무슨 얘기야?

벌써 잊어버렸니? 그 남자…….

……그 남자?

널 멋지게 속여 넘겼던 그 남자 말이야.

느닷없는 얘기구나.

난 사실 그때 네가 그 남자한테 속고 있다는 걸 눈치채고 있었어. 난 알거든, 가진 게 적으면서도 욕심은 많은 사람이 어떤 상황에서 어떤 식으로 거짓말을 하는지…….
그 남자, 딱 두 번 봤는데도 난 알 수 있었어. 자기한테 부족한 부분을 채우기 위해 널 만나고 있다는 걸 말이야. 그래서 그 남자가 너한테 학벌부터 가족 관계까지 다 거짓말을 한 것도, 다른 여자와 너를 저울질하면서 동시에 만난 것도, 결국엔 더 나은 조건의 여자에게로 떠나버린 것도, 나로서는 전혀 놀랍지 않았어. 넌 그 남자의 욕심을 이해할 수 없다고 했지만 난 충분히 이해할 수 있었지. 불공정한 출발선에서부터 달려온 사람은 도무지 채울 수 없는 욕망을 키워내는 법이야. 다른 사람보다 뒤로 물러서 있던 거리만큼 가속도가 붙어버려서 좀처럼 멈추기가 힘들거든. 그 욕망을 운명처럼 짊어지고 그냥 달려가는 수밖에.

이젠 얼굴도 잘 떠오르지 않는 사람이야.

부인하지 마. 네가 지금까지도 혼자 사는 건 그 남자와 결코 무관하지 않아. 그 남자가 떠나고 난 뒤부터 미친 듯이 일에 몰두하기 시작했으니까.

넌 어쩌면 그렇게 단순할 수가 있니? 어떻게 세상의 모든 일을 남녀 관계로만 해석할 수가 있어? 그것도 네가 알고 있는 부분적인 것들만 가지고……. 그 남자한테 그때 완전히 질려버린 건 사실이지만, 그게 지금 현재의 내 모습과 무슨 상관이 있다는 거야?

분명히 넌 그때부터 회사 일에 더 집착했어. 기억해봐. 그때가 서른 살 무렵이었어. 너보다 세속적인 조건이 더 나은 여자에게로 가버린 그 남자 덕분에 너는 그제서야 불공정한 출발이 뭔지 알아버렸던 거야. 대부분의 사람들보다 앞선 출발선에서 시작한 너였지만 그보다 더 앞선 출발선도 있다는 걸 처음으로 깨달았겠지. 부모로부터 물려받은 것들로 빛나던 그 여자에 대응해서 너는 네 스스로 빛나기로 작정했던 거야.

너, 어디 가서 그런 소리 함부로 하지 마. 오랜 친구라는 사실만으로 사람들이 네 말을 믿을까 봐 걱정이야. 그렇게 오래 지켜봤으면서 네가 아직도 나에 대해 모를 리는 없어. 내가 얼마나 사회적 성취욕이 강했는지, 결혼 따위를 얼마나 우습게 생각했는지, 네가 아니어도 그 시절의 많은 친구들이 증언해줄 수 있을 정도잖아. 넌 지금 뭔가 잔뜩 비뚤어져 있어. 날 곤혹스럽게 하려고 안달이 난 사람 같아.

그럴지도 모르지. 너의 사회적 성향에 대한 친구들의 증언과는 별개로, 그러니까 결혼에 대한 너의 발언과 진심 사이의 관계와는 별개로, 지금 내가 비뚤어져 있는 건 아마 사실일 거야. 어디서부터 비뚤어지기 시작했는지는 모르겠어. 굳이 그 연원을 따져보자면…… 그 남자 얘기를 안 할 수 없겠지. 딱 두 번 봤는데도 알 수 있었던 남자, 너에 대한 허위와 세상에 대한 욕망을 나한테 다 들켜버렸던 남자, 사실 나 그 남자 좋아했었거든. 단숨에 좋아져버렸거든. 나랑 비슷한 종류의 인간이기 때문에 그랬겠지만 아무튼 나름대로 심각했었어, 그때 나.

취했구나, 너.

브랜디 한 잔 마셨어. 괜찮아.

네가 누군가를 심각하게 좋아했다니……. 상상이 안 되는 일이야.

비웃지 마. 그렇게 심각했으면서도 현실적인 면을 따져서 감정을 정리해버린 내 행동은 비웃어도 괜찮지만, 그 감정 자체를 비웃지는 마.

난 그동안 너에 대해서 뭘 알고 있었던 걸까? 아니, 나 자신에 대해서도 대체 뭘 알고 있었던 건지 모르겠어. 너의 말, 나의 말, 너의 질문, 나의 대답, 모든 게 뒤섞여서 어지러워. 모든 게 낯설어졌어. 카페에서 인수 씨를 봤던 그날부터…….

네가 먼저 시작한 일이야.

나는 아무 것도 시작하지 않았어.

그럼 누굴까? 분명히 어디서부턴가 시작된 이 균열을 불러일으킨 사람은……. 설마, 인수 씨라고 말하고 싶은 건 아니겠지?

왜 그래? 왜 전화를 안 받고 그래?

네가 이렇게 찾아올 걸 알았던 모양이지.

전화 받았으면 안 찾아왔을 거야.

그랬다면 날 찾지 않고 그냥 여기 우두커니 앉아 있었겠지. 어쨌든 넌 이 카페에 다시 오거나 이 카페에 대해 다시 나한테 물었을 거야. 지난번엔 여기까지 와서도 아무 것도 제대로 묻지 못했으니까. 궁금한 게 많았을 텐데도 넌 괜히 솔직하지 못한 얘기들만 늘어놓았어.

너야말로 솔직해져봐. 여기서 네가 봤다는 인수 씨의 모습에 대해서 좀 더 솔직하게 말해보란 말이야.

어떤 여자하고 다정하게 함께 있던 그 모습? 직감적으로 보통 사이가 아닌 것 같아 보였다고 말했잖아. 서로의 몸짓이나 눈빛이 예사롭지 않았다고…….

상황 설명이 너무 주관적이야. 그래서 믿을 수가 없어.

그러니까 넌…… 내가 거짓말을 해주기를 원하는구나.

어쩌면 이미 거짓말을 했을지도 모르지.

원하는 게 대체 뭐니? 그 여자의 옷차림부터 얼굴 생김새까지 구체적으로 듣고 싶은 거야?

그날 네가 인수 씨한테 다가가서 아는 척하지 않은 것도 정말 이상해. 내가 아는 너는 분명히 그렇게 했을 텐데…….

도저히 그럴 수 없을 만큼 두 사람 분위기가 묘했어. 나가는 길에 인사를 하려고 했는데 정말 그럴 분위기가 아니었다고. 밖으로 나와서 한동안 정처 없이 걸었을 만큼 내 기분도 복잡했단 말이야. 그때 내 발길을 멈추게 했던 게 바로 그 덴파레 화분이었지. 불을 밝힌 꽃 가게에서 내 시선을 끌어당기던 붉은 꽃잎이 마치 그 여자의 이미지 같았어. 인수 씨 얼굴을 환하게 만들어놓고 있던 그 여자……. 그래서 무작정 그걸 사들고 널 찾아갔던 거야.

그걸 우리 집에 두라고 가져온 거야? 그 여자 닮은 꽃을? 역시…… 그랬던 거구나. 역시 넌 나한테 질투를 느꼈던 거야. 우리 집을 부러워했던 거야. 그래서 불온한 빛깔의 꽃까지 사들고 쳐들어 왔던 거야. 우리의 평화를 깨뜨리고 싶었던 거겠지. 그런데 내가 너무 담담해서 실망했지? 한 가정의 행복이 이렇게 단단하다는 것에 화가 났지? 네가 회사에서 쌓아올린 경력 따위와는 비교할 수 없는 단단함에 지금도 속상한 거지?

유치하게 굴지 마.

왜? 속마음을 들켜서 창피하니? 그럴 거 없어. 나도 널 부러워하고 시기했던 적이 있었으니까. 타고난 인생을 뒤바꿀 가장 효율적이고 손쉬운 방법으로 결혼을 선택했지만, 그게 생각보다 많은 대가를 요구한다는 걸 깨달으면서 널 얼마나 부러워했는지 몰라. 결혼 적령기가 지나기 전에 좋은 조건의 남자를 만나야 한다는 생각으로 내가 전전긍긍하는 동안 너는 타고난 조건 속에서 늘 여유가 있었지. 내가 결혼 상대를 물색하느라 시간을 보내는 동안 너는 직장에서 경력을 쌓아왔지. 그 여유와 선택이 부럽고 질투가 났어. 그래서 인수 씨의 집과 너의 집을 수시로 비교하고 인수 씨가 벌어오는 돈과 너의 월급을 끊임없이 비교했어. 나는 이미 인생을 뒤바꾸었다고, 네가 도저히 따라올 수 없는 수준까지 올라와 있다고, 스스로 얘기하고 또 얘기하면서 비교하고 또 비교했어. 그 지옥 같던 시절을 벗어난 게 사실 얼마 되지 않아. 삼십대 후반에 들어서면서부터 뭔가 저절로 역전되는 게 느껴졌으니까……. 세월과 더불어서 나는 조금씩 안정을 찾아가고 있었고 너는 조금씩 나이 들어가고 있었지. 그게 체념에 불과한 거라고 해도 어쨌든 나는 이제 견딜 만해졌어. 그게 겉보기에 불과한 거라고 해도 어쨌든 너는 이제 많이 지쳐 보여. 예전처럼 그저 멋있어 보이지만은 않는다고. 너도 느끼지? 스스로의 힘으로 빛나는 게 얼마나 힘든 일인지…….

맞아. 네가 옳았어. 나도 일찌감치 결혼에 승부를 걸었어야 하는데……. 내가 돈을 벌어봤자 얼마나 벌겠니? 성취감 운운하며 폼 잡고 살아봤자 이 나이에 무슨 소용 있겠어? 그래서 네가 정말 부러워. 너무 너무 부러워. 됐니? 더 해줄까? 네가 말한 그 타고난 조건 말이야, 우리 부모님이 내게 안겨준 여유……. 그것조차도 난 벌써 잃어버렸어. 몰랐지? 우리 아버지 사업이 엉망이 되어버린 거…….
벌써 10년쯤 지난 일이야. 이제 알겠니? 내가 아직도 혼자
살고 있는 이유를……. 이런 얘기, 여유 있는 집안의 며느
리인 너한테는 하기 싫었어. 맞아, 난 네가 부러워. 이제
됐어?

……대체 어디서부터 잘못된 거지? 우리가 왜 이렇게
된 걸까?

화분이 죽어버렸어.

덴파레?

아니, 드라세나 플로리다 뷰티. 며칠 전부터 잎이 하나
둘 시들어가더니 결국 모두 말라버렸어. 녹색 바탕에 연노
랑 점무늬가 가득한 잎들이었는데……. 잎이 스무 개쯤 되
는데 아래쪽의 큰 잎들은 아예 노랗게 보일 만큼 점무늬가
많았어. 우리 애들이 유난히 좋아하는 화분이었는데…….
뭐가 잘못된 걸까?

애들은 뭐해?

하나는 자고, 하나는 놀고…….

다른 건 몰라도, 애들은 정말 부러워.

다른 건 이제 안 부럽다는 말이니?

그 얘긴 그만하자. 네가 아무리 웃으면서 말해도 농담으로 안 들려.

그날 네가 한 얘기도 모두 다 농담이었으면 좋겠어. 너희 아버지 얘기까지 모두…….

날 불쌍하게 여길 필요는 없어.

이젠 괜찮아졌지?

내가 어디까지 솔직할 수 있다고 생각하니?

……우린 참 친했어. 그렇지?

친했었지. 지나칠 정도로.

덴파레는 잘 자라고 있어. 한 번 와서 봐.

나 요즘 많이 바빠. 그리고…… 시간이 나도 거기까지 가기는 힘들 거야. 뭔가 감당할 수 없는 게 우리 사이에 자리잡은 거, 넌 느껴지지 않니? 더 이상 네 전화 받고 싶지 않아. 부탁이야.

고마워, 응답해줘서.

일하는 중이라서 길게 말하긴 힘들 거야.

그냥 들어만줘. 그래서 일부러 메신저로 연락한 거야. 일하면서 틈틈이 이 글을 읽어봐. 그게 가능한지는 잘 모르겠지만……. 네가 하는 일에 대해서 난 구체적으로 모르잖아. 설명을 들어보려고 한 적도 없고, 아마 들어봐도 난 이해하지 못할 거야. 그만큼 너하고 나 사이엔 거리가 있어. 너는 특별하고 나는 평범하지. 하지만 그런 사회적 거리감 이외의 것이 너와 나 사이에 생겼을 리는 없어. 그러기엔 우리가 함께 지내온 시간이 너무 길거든. 물론 그 시간 속에 서로를 기만한 부분이 섞여 있다면 그 부분의 총합도 시간의 길이만큼 커져 있을 테지만…….

모니터에 메신저 창을 자주 띄워 올리기 힘들어. 좀 간단하게 말해줄래? 꼭 할 얘기가 있다고 했잖아.

아, 그래. 인수 씨 얘기야. 뭐 특별한 일이 생긴 건 아니고, 그저…… 이제는 모든 게 빤히 보이기 시작했다는 얘길 하고 싶었어. 적어도 인수 씨의 하루 행적에 대해서는 어디서부터 어디까지가 거짓말인지 훤히 알 것 같아. 그동안 그 사람 주변을 열심히 뒤져본 덕분이겠지. 네가 처음에 결정적인 이야기를 해준 덕분이기도 해. 그래서 마치 퍼즐을 풀어낸 것처럼 후련해졌어. 그런데…… 그런데 말이야, 계속되는 인수 씨의 거짓말을 들어주기가 참 힘들어. 이건 어렵고 곤란한 차원이 아니라, 뭐랄까, 아프다고 해야 하나? 슬프다고 해야 하나? 아무튼 기묘한 느낌의 힘겨움이야. 이제는 인수 씨의 얼굴이 내 얼굴 같고 거

창하게 말하면 삶의 얼굴 같아. 내 얼굴이나 삶의 얼굴을 정면으로 바라보는데 거기에 빤한 거짓말이 보인다면 기분이 어떻겠니? 그런 기분, 이해할 수 있겠니? 후련해진 만큼 서글퍼진 이 기분을 누구한테든 얘기하고 싶었어. 그래서 뭘 어떻게 하려는 생각은 없어. 그저 이 기분에 대해서 말하고 싶었고 누군가 그 말을 들어줬으면 했을 뿐이야. 그래서 무작정 전화기를 찾았는데…… 너밖에 떠오르는 사람이 없더라. 그 누구도 생각나지가 않더라고. 하지만 네가 내 전화를 받을 거 같지 않아서, 그래서 컴퓨터를 켰던 거야.

아무래도 여기서 끝내야겠다. 저녁에 퇴근하면서 전화할게.

이 음악 어때? 글렌 굴드야. 교통 체증이 심할 땐 피아노 소리가 제격이지. 이렇게 무게감이 느껴지지 않는 연주가 더욱 좋아. 바흐의 키보드 협주곡은 이제 글렌 굴드가 아니면 듣고 싶지가 않아. 브람스의 현악 6중주도 언제부턴가 메뉴힌과 장드롱의 앙상블로만 듣고 있어. 그런 나를 발견할 때마다 음악이 과연 작곡가의 것인지 연주자의 것인지 궁금해지곤 해.

둘 중에서 꼭 하나를 선택해야만 하니? 나 같으면 그런 궁금증은 접어놓고 그냥 음악만 즐길 것 같아.

그래……. 더구나 이렇게 퇴근길을 기어가는 자동차 안에서는 복잡한 생각 따위는 안 하는 게 좋지. 이럴 땐 아무 생각 없이 그저 수다를 떠는 게 가장 좋은 것 같아. 그런데 한동안 그러질 못했어. 나도 마땅히 전화할 곳이 없었거든. 삶이 무료하더라, 정말.

왜 그랬을까? 왜 갑자기 이런저런 생각에 정신없이 휩쓸렸던 걸까? 할 말, 못할 말, 한 말, 못 한 말, 안 한 말, 그런 것들의 경계가 왜 마구 뒤섞여버렸던 걸까? 20년 동안이나 우린 별 문제없이 잘 지내왔는데……. 그만큼 세월이 흘러 우리가 나이 들어버린 탓일까? 그만큼 감당할 수 없이 쓸쓸해져버린 탓일까?

혼자 살면 쓸쓸함을 더 자주 느껴. 나이도 더 많이 의식하게 되지. 그래서 난 네가 부러워. 맞아. 네가 했던 말이 다 맞는 것 같아.

날 위로하려고 하지 마. 그렇게까지 말하지 않아도 돼. 가족들 사이에서 느끼는 쓸쓸함은 더 황량해. 가족들을 떠받치다가 문득 돌아보는 나이는 더 비참해.

어쨌든 넌 바위처럼 단단한 안정을 얻었잖아. 그토록

불가사의하게 끄떡없는…….

오랜 비굴함과 군색함의 결과일 뿐이야. 그걸 얻느라 바친 시간이 아까워서 쉽사리 깨뜨리지 못하고 있을 따름이지.

너야말로 날 위로하려고 하지 마. 비굴함? 군색함? 나도 회사에서 늘 마주치는 것들이야.

이제 그만하자. 인수 씨는 여태 아무 것도 모르고 있는데 우리만 이렇게 심각해져 버렸다는 게 우습지 않니? 심각하게 진심을 털어놓고, 심각하게 진심을 숨기고, 필요 이상으로 화를 내고, 필요 이상으로 당황하면서 갈팡질팡…….

지독하게 길이 막히는구나. 이렇게 꼼짝도 못하고 자동차들 사이에 갇혀 있다 보면 집에 돌아가는 것 자체가 형벌인 것 같아. 돌아가봤자 곧 다시 나와야 하는데, 하루 종일 집안을 맴돌던 썰렁한 기운만 잠시 만나고 나올 뿐인데, 그런데도 이렇게 매일 꾸역꾸역 돌아가야 한다는 건…… 끔찍한 일이야.

인수 씨도 그럴까? 정말, 사는 게 왜 이렇게 구질구질하지?

너, 끝내 아무 것도 묻지 않을 거지? 그냥 이대로 인수 씨를 지켜보기만 할 거지?

아마 그럴 것 같아.

내 잘못이야. 그날 내가 본 사람이 인수 씨가 아닐 수도 있는데……. 내가 쓸데없는 일을 벌여서 엉망이 되어버린 거야. 돌이켜 볼수록 그 사람은 인수 씨가 아닌 것 같아. 두 사람이 다정해 보인 것도 나 혼자만의 생각이었던 것 같아.

그게 사실이든 아니든 이젠 상관없어. 하지만 인수 씨는 지금 나한테 뭔가 거짓말을 하고 있어. 그건 내가 혼자서 알아낸 분명한 사실이야. 그러니까 너 때문에 엉망이 되어버린 건 없어. 오히려 덕분에 내가 몰랐던 사실을 알게 되면서 명확해진 부분들이 더 많아. 여러 모로 씁쓸하지만 어쩔 수 없는 일이잖아. 그럼에도 불구하고 나는 인수 씨한테 따져 묻지 못해. 이게 바로 내가 말하는 비굴함과 군색함이야. 정말 구차하지. 하지만 견디기 힘들 정도는 아니야. 너도 그렇지 않니? 투덜대면서도 지금까지 회사를 계속 다니고 있잖아. 그 분야에서는 제법 이름도 알려졌잖아. 아까 차 안에서 그렇게 끔찍해 했지만 막상 집에 들어가니까 편안하지? 사람은 누구나 자기가 선택한 길에 그럭저럭 적응하면서 살아가는 것 같아.

체념이라는 이름의 적응이겠지.

어쨌든 난 괜찮아. 너와 나 사이에 이상하게 생겨버린 틈만 메울 수 있다면……. 그러니까 나한테 굳이 거짓말 할 것 없어. 네가 그 카페에서 헛것을 봤을 리도 없을 테고. 덴파레 화분은 아직도 싱싱하게 잘 자라고 있어.

거짓말 하는 거 아니야. 거짓말은 오히려 그 무렵에 더 많이 했었지.

그 무렵에 뭘?

서로가 지나온 시간에 대해서, 서로가 선택한 길에 대해서, 우리 거짓말 많이 했었잖아.

무슨 얘긴지 모르겠어.

넌 이제 아예 거짓말을 즐기고 있나 보구나. 그래, 거짓말이 주는 위안도 무시할 수 없지. 다른 사람에게 속아 넘어가는 게 오히려 편안할 때도 많아. 남을 속이면서 어느새 나 자신까지 속이고 있을 때도 많고. 어떤 경우든 조금 더 편안하고 조금 덜 쓸쓸하다면 상관없는 일일 거야.

시간…… 때문이 아닐까? 그렇게 속고 속이면서 지금까지 흘러온 시간……. 그 시간을 바쳐서 우리는 이제 돌이킬 수 없는 지점까지 나이를 먹어버린 거야. 거짓말에 더 이상 놀라지 않고, 거짓말 안에서 위로를 얻으면서, 거짓말을 더욱 필요로 하는 나이. 삶을 정면으로 바라보기 힘들어 더욱 더 거짓말 속으로 숨어버리는……. 그런데 지난 몇 주 동안은 오히려 우리가 너무 솔직했던 거 아니니? 나는 결국 그게 문제였다고 생각하는데.

덴파레 꽃은 아직 다 지지 않았지?

불온한 빛깔이 아직 남아 있어.

그날로 다시 돌아가려면 어떻게 해야 할까?

불가능한 일이야.

다시 이야기를 시작하면 되지 않을까? 그 꽃을 거기에 두고 나온 이후로 주고받은 우리들의 대화를 다시 풀어나간다면……. 덧붙여야 할 말은 꼭 덧붙이고, 건드려서는 안 될 부분은 절대 건드리지 말고, 솔직하게, 그러나 불필요한 노출은 삼가면서, 대화를 다시 시작하는 거야. 그래도 곳곳에 거짓말이 끼어들겠지만 억지로 쫓아내지는 말자. 모든 걸 자연스러운 흐름에 맡겨두면 저절로 어딘가를 향해 흘러가지 않겠니? 그게 혹 잘못된 방향이더라도 어쩔 수 없는 일이지. 그럼에도 불구하고 우리는 끊임없이 말을 해야 해. 말하는 것 이외에는 다른 방법이 없으니까. 우리가 함께 해온 저 오랜 시간을 계속해서 붙잡아둘 수 있는 방법은……

　난 커튼을 닫는 걸 싫어해. 가족들과 함께 있을 때에는 더 답답한 기분이 들고 혼자 있을 때에는 더 적적한 기분이 들어. 커튼을 닫으면, 누군가의 영혼이 나를 물끄러미 바라보고 있는 것 같기도 해. 하지만 밤이면 우리 집 거실 창밖으로 바로 앞 동의 아파트 건물이 불을 밝히고 있어서 커튼을 치지 않을 수가 없어. 별로 보기 좋은 풍경도 아니고, 그쪽에서 우리 집을 훤히 들여다보는 것도 싫으니까. 그래서 난, 어느 쪽으로든 선택을 할 수 있는 네가 부러워. 어떤 선택이든 너는 미흡하다고 생각하지만……. 지금 네 공간은 어떤 상태니? 궁금하다. 커튼이 열려 있는지, 닫혀 있는지.

낭만적 사회와 그 적들

김나정(문학평론가)

이후以後와 이면裏面

"낭만적인 드라마는 흔히 주인공들의 결혼으로 이야기가 끝난다. 하지만 '진짜 어른들'은 알고 있다. 결혼 이후에도 치열한 이야기는 계속된다는 것을……."

작가가 밝혔듯, 고은주의 소설집 『시나몬 스틱』은 해피엔드의 다음 이야기를 써나간다. 그래서 그 우여곡절 끝에 이룬 사랑은 어떻게 되는가? 그 이후以後의 이야기, 즉 시간의 흐름이 영원하다고 믿고 싶은 것을 어떻게 변질시켜나가는지를 추적한다.

동화나 낭만적인 드라마는 환상을 양산한다. 그 환상은 위험하다. 사막의 신기루처럼, 없는 것에 붙들리게 만든

238

다. 애초에 없던 것이 사라졌다고 절망하게 만든다. 무엇보다 환상은 스스로를 유지하려고 제 숙주를 먹어치운다.

고은주의 소설은 그 환상의 민낯을 보고자 한다. 『시나몬 스틱』에는 쇼윈도 부부, 아내가 떠나고 홀로 남은 남편, 간이식을 받는 남편과 난자 채취를 당하는 아내, 배우자에게 상처를 받는 관계를 대물림하는 모녀, 떠도는 남편과 소외되는 아내, 결혼 혹은 일을 선택한 여자들이 등장한다. 주로 부부를 중심에 두고 아내와 남편을 화자로삼아 인간관계의 본질과 변질을 묻는다. 뿐만 아니라 모녀와 여자 친구들도 등장시켜 결혼 생활을 다각도로 들여다본다.

이 소설집에 등장하는 인물들은 불안하다. 결혼은 안착도 아니고 안정을 보장해주지도 않는다. 습관적으로 그럭저럭 살아가는 인물들은 어느 날, 흔들리기 시작한다. 굳건하다고 믿었던 땅이 흔들릴 때 사람은 더 이상 우아함을 가장할 수 없다. 가면은 벗겨지고 화장은 지워지며 거짓말은 멈추고 생생한 비명이 터져 나온다.

고은주의 소설들은 집요하고 매서우며 날렵하다. 환상 없이 폐허를 응시한다. 불안을 잠재우기 위한 달콤한 자장가는 없다. 안도를 위한 섣부른 화해도 거부한다. 압축된

사물 상징과 군더더기 없는 문체로 구질구질한 삶의 면모를 메스로 도려낸다. 가장 무도회에서 끌려나온 인간은 수술대 위에 눕혀진다.

납골당의 부부

고은주의 소설에서 후각상실은 무뎌지는 삶의 상징이다. 후각은 적응이 빠른 감각이다. 화장실의 악취를 견뎌낼 수 있음은 그 때문이다. 사랑은 삭아 생활이 되고 냄새를 풍긴다. 살기 위해서는 그 냄새에 무뎌져야 한다. 예민하게 굴면 삶이 뾰족해진다. 생활은 일상이기에 어느 정도는 포기하고 살아가야 한다. 그것이 어른들의 생존방식이다. 「시나몬 스틱」의 여자는 향기가 날아간 시나몬 스틱으로 커피를 저어댄다. 하지만 "여전히 계피향이 느껴지지 않았다. 시나몬 스틱을 대여섯 번이나 휘저었는데도." 시나몬 스틱은 제 쓰임새를 잃었지만 여자는 애초에 의도했던 일이었다는 듯 가장한다. "하나씩 비닐봉지에 싸여 있는 시나몬 스틱을 굳이 다 꺼내어 한꺼번에 유리병에 담은 것은 인테리어 효과를 위해서였다. 그러니 향기 따위야 어떻든 상관없었다."

이런 후각상실 모티프는 「마스카라」에도 등장한다. 이 작품의 아내는 비염으로 환절기면 후각을 잃는다. 남편인 '나'는 텔레비전에 나온 사과와 양파를 구별하지 못하는 사람을 보고 코웃음을 친다. 아내는 정색한다. "저게 우스워 보여? 그럼 나도 우습게 보이겠네? 냄새 못 맡는 괴로움을 당신이 알기나 해? 청소를 해도 산뜻한 걸 모르겠고, 음식을 먹어도 무슨 맛인지 모르겠고, 빨래를 개면서도 상큼한 걸 모르겠어. 생활에서 냄새가 제거되면 그렇게 되는 거야. 미각이나 촉각 따윈 후각 앞에서 아무 것도 아니지."

체취는 한 사람의 정체성을 이르며 사람을 사람답게 만드는 특징 중 하나다. 후각을 잃을 때면 아내는 남편이 '사물'처럼 느껴진다고 말한다. "사람이 아니라 물건 같았거든. 지독하게 평범한 물건." 후각상실은 자신을 잃어버리고 타인과 제대로 관계 맺는 것도 방해한다. 「마스카라」의 아내는 냄새를 맡지 못하는 것이 단순히 불편한 것이 아니라고 역설한다. "후각을 잃는다는 건 삶의 느낌을 절반 이상 잃어버리는 거야. 그러니까 나는 다른 사람들보다 일 년에 한두 달 손해를 보는 셈이지. 즐겁고 행복한 삶을, 그 기분 좋은 느낌을……."

「표류하는 섬」에서 여자는 스킨스쿠버를 하는 남편이 풍기는 시큼한 냄새와 비린내에 진저리를 친다. 자유와 자아를 찾겠다며 바깥을 떠도는 남편의 삶은 여자를 소외시킨다. 남편의 자아와 자유는 여자에게 역한 구역질만 불러일으킨다. 여자는 남편의 냄새를 지우고 그 자리에 아이의 냄새를 들어앉힌다. 한 냄새는 다른 냄새로 대체된다. "아이를 낳으면서 여자는 놀랍도록 단순해졌다. 스스로의 삶을 폐기했다. 모든 고민은 사라지고 아이에 대한 집착만이 남았다." 남편이 자아를 함몰시키기 위해 바람을 탔듯, 여자는 자기를 지우고 아이에게 투신한다.

후각의 상실과 함께 시각의 마비도 생존방식으로 선택된다. 보고도 못 본 척해야 관계가 지속된다. 「시나몬 스틱」의 남편은 아내에게 외도 현장을 맨눈으로 확인하라고 종용한다. 여자는 방문만 노려보다가 두 눈을 질끈 감는다. 「카메라 루시다」의 딸은 남편의 폭력이 지나간 흔적을 아름다운 예술사진으로 가린다. "괜찮아요. 그냥 이렇게 던지기만 해요. 그 사람은 내가 아니라 세상을 향해서 화를 내는 거니까…… 그러니까 나는, 그 소리만 참아내면 되거든." 엄마도 남편으로 인해 고통 받았더랬다. 딸은 어머니의 삶을 대물림한 셈이다. 두 사람은 그런 삶의 방식을 꾸역꾸역 받아들일 수밖에 없다. 속내야 어쨌든 "스마일"하며 사진을 찍는다. 카메라는 모든 풍경을 담질 않는다. 어떤 풍경은 선택하고 사각 틀 바깥의 풍경은 배제시킨다. 사진은 비명이나 냄새, 감촉을 담아내질 못한다. 보이는 것만이 전부인 기만의 삶을 나타낸다. 앨범 속에 남은 사진들은 행복한 순간만을 낚아챈다. 우리는 불행하고 추한 것을 가족 앨범 속에 넣지 않는다. 하지만 그 밋밋한 사진의 앞뒤엔 얼마나 많은 풍경과 얼굴, 말 못할 사연이 숨겨져 있는가. 「불현듯이」에서 남편의 외도를 눈치챈 여자에게 어머니는 남자는 원래 그런 존재라고 달랜다. 여자는 어둠 속에서 스스로를 달래려 애쓴다. "어둠이 소곤소곤 나를 위로하는 것 같았다. 아무 것도 아니야. 늘 그래왔잖아. 네가 하기 싫어하는 일을 바깥의 여자들이 대신해주는 것뿐이야. 세상엔 그렇게 무언가를 대신 해주는 사람들이 있는 법이지……." 어둠은 아무 것도 보이지 않게 만들어 모든 것을 덮어준다.

외면은 자기기만을 낳는다. 「시나몬 스틱」의 여자는 남편의 간통 사실을 알리는 쪽지를 받는다. 자신의 여자 친구를 뺏겼다는 남자는 집요하게 메일을 보내 부부관계의 본질을 묻는다. 여자는 짐짓 아무렇지도 않다는 듯 말한다. "소설이나 드라마가 문제야. 결혼에 대한 환상을 너무 많이 심어주거든. 삶에 대한 환상 또한 마찬가지. 그렇게 완벽하게 깨끗하고 아름다운 모습은 실제로 존재하지 않는데…… 인생이 뭐 그리 대단한 줄 알아?" 멀쩡한 척하던 여자는 자신이 "아무 것도 제대로 느끼지" 못한다는 사실을 알고 있다. 「마스카라」에서 아내가 떠난 자리에 등장한 여자는 자신의 본모습을 가리는 화장의 묘미에 대해 말한다. "마스카라는 스페인어로 가면이라는 뜻이 있대. 마스크하고 발음이 비슷하지? 그래서 변장이라는 뜻도 있고…… 속눈썹을 길고 짙게 만들어서 위로 치켜 올리면 얼굴이 완전히 달라져 보이잖아." 남자는 화장에 쓰이는 "마스카라는 끈적거리고 손에 묻고 잘 변질되고 속눈썹은 너무 인위적이다."라고 생각한다. 민낯을 가리기 위해 쓰이는 화장품 중 하나는 시간이 흐름에 따라 변질되고 다른 하나는 너무나 인공적이다.

인물들은 못 본 척하거나 가린다. 스스로를 속이기 위해 거짓말을 일삼는다. "거짓말 안에서 위로를 얻으면서, 거짓말을 더욱 필요로 하는 나이. 삶을 정면으로 바라보기 힘들어 더욱 더 거짓말 속으로 숨어버리는" 상황을 반복하게 된다.

「이식」의 여자는 가정을 꾸려나가기 위해 주기적으로 난자를 병원에 판다. 남편은 타인의 간을 이식받았다. 거부 반응을 막고 면역력을 키워 남의 간을 제 몸 안에 받아들이려 한다. 이런 이식의 과정은 남들끼리 만나 서로를 생활의 일부로 받아들여야 하는 결혼생활의 비유로 적절하다. 여자의 난자 채취도 삶을 위해 내주어야 하는 자신의 일부를 나타낸다. 하지만 이런 과정을 견디며 여자가 이뤄낸 삶은 뭘까? "어렵사리 면역력을 키워가며 아이를 길러내도 허망하긴 마찬가지다. 사춘기에 접어든 아이는 기껏 키워준 면역력을 나에게 발휘하며 저항하고 있으니…… 내가 무슨 적이라도 되는 듯, 자기 몸을 공격하는 세균이라도 되는 듯." 관계의 지속을 위해 내주어야 하는 것들은 자신의 일부다.

후각의 상실이나 시각의 마비, 자기기만, 거짓말은 살기 위해서 치러야 할 대가라고 한다. 하지만 이런 식의 적응은 체념과 다를 바 없다. 자신을 지우고 무감각하게 꾸역꾸역 살아가는 것이 과연 살아 있는 걸까? 역할극을 하고 있는 건 아닐까? 의문은 질문을 낳는다. "그런데 왜 이렇게 되어버렸을까? 마구 뒤엉켜버린 실타래처럼 엉망이 되어버린 것일까?"

낭만적 사회와 그 적들

어쩌다, 삶이 이 지경에 이르렀는가. 파탄에 이르면 사람들은 이 지경까지 오게 된 과정을 거슬러 올라가 보게 마련이다. 이런 상황을 낳은 애초의 선택은 무엇이었는가? 「시나몬 스틱」의 여자는 다른 남자의 방에서 자신이 머물렀던 매우 좁고 열악했던 과거의 '자취방'을 떠올린다. "쿨한 척 남편의 외도를 눈감아주고 있지만, 사실은 내가 무엇 때문에 모든 것을 참고 있는지 그 시절의 기억을 알고 있다. 나는 다만 기억을 억눌러왔을 뿐이었다. 돌아가고 싶지 않았으므로. 애써 이루어낸 이 모든 것을 잃고 싶지 않았으므로." 가난하고 불안한 삶에서 달아나기 위해, 다시 그 궁핍과 초조로 돌아가지 않기 위해 여자는 결혼을 택한다. 그 생활을 유지하기 위해 자신을 속인다. 「불현듯이」에서 "버스를 타고 아파트가 많은 동네로 목욕을 하러 다니던 그녀…… 그런 아파트에서 사는 삶을 간절하게 꿈꾸던, 그러나 그게 왠지 죄스러워 늘 고개를 숙이고 다니던……." 여자는 결혼이 안정된 삶을 제공해주는 안식처 기능을 하리라 믿었다. 결혼은 일종의 도피처였다. 하지만 스스로 만든 감옥에 스스로를 유폐시키게 된다. 과거에서 도망친 끝에 감옥으로 망명한 셈이다.

「카메다 루시다」는 사진을 매개로 한 여자의 삶을 거슬러 올라간다. 삶의 갈피갈피에 꽂힌 사진을 통해 여자는 자신의 과거를 복원해낸다. 4·3 사건으로 아버지가 억울하게 숨진 뒤로 여자는 "아버지의 어이없는 죽음보다 더한 일은 이 세상에 또 없을 것이므로 더 나쁜 일이 일어나지 않을 거라고." 믿었다. 삶에 대한 기대치는 낮아지고 다만, 살아있거나 생각을 잊기 위해 일에 몰두한다. 전쟁은 남달리 살고 있던 두 남녀를 부부로 엮는 계기가 된다. 현대사의 비극들이 여자를 이런 선택을 하게 떠밀었던 셈이다. 그렇다면 그런 식의 결혼을 택하지 않았더라면 달라졌을까?

「너의 거짓말」에는 다른 삶의 방식을 택한 여자들이 등장한다. 하나는 안정을 위해 결혼을 택했고 "평범하게 살아가는 여자에게는 남편이란 존재가 때론 나보다 더 강력하게 나를 드러내는 법이거든. 인수 씨는 나의 남편이고 나의 현재야." 다른 친구는 실연 뒤에 '일'에 매진해 스스로 빛나기를 선택했다. 하지만 둘의 인생 결산은 쓸쓸하다. 결혼이란 선택도, 일이란 선택도 짐작과는 다른 결과를 낳았다. 나이가 들수록 불안감은 더해가고 자신의 선택이 옳았는지에 대해 자문하게 된다. 하지만 더욱 근본적인 질문은 왜 이런 양자택일의 선택지만이 주어지느냐는 것이다.

> 도심의 현란한 불빛들을 즐기려면 이 공간의 존재감을 포기해야만 해. 음악 소리의 넉넉한 질감도 얼마간 포기해야 하지. (⋯)왜 함께 누릴 수 없는 걸까? 음악의 짙은 맛과 여린 맛을 동시에 맛보는 건 왜 불가능할까? 왜 우린 늘 무언가 하나를 선택해야 하는 걸까?　　　　—「너의 거짓말」

고은주의 소설에서 생활과 낭만, 이상과 현실, 안정과 정열은 대립관계에 놓인다. "주말마다 커피 원두를 볶는 그 집은 아니었으면 싶었다. 꽁치를 굽고 커피도 볶으면서 살아가는 사람들이 존재한다는 것이 왠지 싫었다. 꽁치만 굽거나 커피만 볶으면서 살아야 공평한 것이 아닐까?" 문제는 이 모두를 가질 수 없다는 것이다. 삶은 왜 양자택일만을 강요하는 걸까. 이상과 현실, 낭만과 생활은 왜 한 묶음이 되질 못할까? 하나를 얻으면 하나를 잃은 것을 삶의 지혜처럼 받아들여야만 할까. 작가는 선택지를 강요받는 상황에 의문을 제기한다. 이런 이분법이 다소 작위적으로 느껴질 수도 있다. 흑백 사이에는 회색과 잿빛을 비롯한 수많은 색이 존재한다. 그 다양성을 배제한 이항대립의 배치는 다소 극단적이지 않을까. 하지만 작가는 어중간함을 거부하는 것일지도 모른다. 빛이 있어야 어둠이 선명해지듯, 이항대립의 설정은 양쪽을 분명하게 드러내는 효과도 있다.

파국에 이른 원인으로 시간이 지목된다. 관계의 변질은 시간의 파괴력에서 기인한다. 성교가 "화끈거림이었다가, 일상이었다가, 권태가 되"듯. 시간은 모든 것을 바꿔놓는다. 「마스카라」의 남자는 떠나버린 아내가 했던 '수명'이란 말에 붙들려 있다.

낭비벽, 게으름, 바람기, 그 어떤 것도 이유가 아니야. 명확한 이유가 있다면 나도 좋겠어. 그렇다면 함께 노력해서 그 이유를 없애버리면 될 테니까. 하지만 그게 아니야. 이건 오로지 수명의 문제일 뿐이라니까. 수명이 다하지 않았다면, 그보다 더한 문제들이 생겼다고 해도 우선 해결하거나 봉합하려고 했을 거야.

남자에게 있어 아내의 말은 수수께끼다. 인간관계에도 유통기한이란 게 있는가? 시간의 흐름은 삶을 관성과 습관의 산물로 변화시킨다. 생활은 서로에게 익숙해질 것을 요구한다. 서로를 마모시키고 가구나 가전제품 같이 익숙한 물건으로 뒤바꿔놓는다. 「표류하는 섬」에서 여자는 남편이 사고를 당했을지도 모른다는 소식을 듣고도 그다지 동요하지 않는다. "바람이 불 때마다 흔들리던 남자, 그리고 곁에서 불만을 삼키던 여자. 그들의 일상에 무언가 변화가 찾아오고 있는 것이다. 어떤 변화가 다가오든 저 병원 건물 안에서 아이는 든든한 조부모와 함께 살아갈 수 있을 것이다. 그것만 가능하다면 여자에게는 더 이상 두려울 게 없다." 상대의 죽음을 '변화'의 조짐으로 받아들일 만큼 관계는 왜곡되어 있는 것이다. 서로는 서로에게 더 이상 사랑도, 사람도 아닌 것이다.

다시, 생생히 살기 위하여

소설집에 등장하는 부부들은 파탄지경에 이르렀다. 하지만 누구나 자신의 인생이 파산했다는 걸 인정하려 들지 않는 법이다. 하지만 내심, 알고 있다. 보이지 않는 곳에서 쌓여가는 것들이 있다는 것을. "먼지는 컴퓨터 모니터나 키보드에만 쌓이는 게 아니었다. 본체 안쪽 깊숙한 곳, 하드디스크 속의 후미진 폴더 안에도 대담하게 뭉쳐진 먼지 덩어리가 있었다." 물은 차츰차츰 수위를 높인다. 「카메라 루시다」의 딸은 무언가를 가리기 위해 집안 곳곳에 사진들을 붙여두었다. 그런데 가리려고 붙인 사진은 되레 넌지시 알려준다. 시간의 흔적을 담은 모네의 연작과 도자기 파편이 담긴 '착륙'은 말없이 어떤 상황을 증언하고 있다. 여자가 그 사진들을 뜯어내자 그 밑에서 사위가 행한 폭행의 흔적이 드러난다.

의문은 질문을 낳고 질문은 파문을 일으킨다. 더는 안 된다, 라는 순간이 닥쳐온다.

그런 시간이 있다. 삶의 언저리에 얌전히 엎드려 있다가 어느 순간 불현듯 몸을 일으키는 시간. 그 시간에 발목을 잡혀버리면 모든 것은 한순간에 뒤엉키고 만다. 일어설 수 없고, 감당할 수 없고, 돌이킬 수 없다. 그러니 오로지 조심해야 한다. 삶의 수면을 건드리지 않도록, 그 주변의 시간이 자극받지 않도록, 무엇보다 호흡을 조절하며 숨죽이고 있을 것.　　　　　　　　　　　　　 ─「불현듯이」

「불현듯이」의 고장난 센서 등은 불현듯이 켜진다. 어둠에 숨어 있으려는 여자에게 자꾸만 불빛을 들이댄다. 공격적인 빛살과 아파트에서 일어난 '사건'을 통해 여자는 자신이 외면했던 과거에 자신이 겪었던 사건과 대면하게 된다. 정신분석의 같은 704호 남자와의 대화를 통해 기억 속의 '원 장면'을 복원해내는 것이다. "덮어버렸던 기억을 되살려보세요. 지금 나를 바라보듯 정면으로 마주 서는 거죠. 그래야 원장면으로부터 자유로울 수 있어요." 여자는 자신의 현재를 낳게 한 과거의 원장면과 대면한다. 어지러운 세상과 불안을 피해 방을 구해 달아났고 그 방에서 폭행을 당했다. 그 장면을 되살리는 일이 고통스럽기 때문에 여자는 외면하고 달아났다. 강박증에 시달리고 사람을 피하며 살아왔다. 하지만 기억을 떠올린 순간, 여자는 과거의 자신과 대면하게 된다. 그제야 비로소 외면했던 스스로를 받아들일 수 있게 된다. 「시나몬 스틱」의 여자도 역시 과거에 자신이 머물던 방의 기억으로 돌아간다. "그러나 되살아난 것은 기억만이 아니었다. 고통도, 그 고통을 느끼는 감각도, 고스란히 되살아났다."

외면의 반대편엔 대면이 놓여 있다면 후각상실로 대변되는 감각의 마비의 반대편엔 생생한 감각이 놓인다. 「마스카라」의 남자는 아내의 속눈썹을 발견하고 쓰레기통을

연 순간 악취를 맡는다. "동식물이 뒤섞여 썩어가는 냄새. 누군가 이 집에 살고 있다는 사실을 증명하는 냄새. 부지런한 손길이 이 집을 떠났음을 말해주는 냄새. 나는 그 냄새를 힘주어 들어올린다. 순간 내 발등으로 흘러내리는 즙, 진액, 혹은 침출수." 마스카라와 속눈썹으로 가리지 못하는 생활의 악취, 시간이 남기고 간 지독한 냄새는 좀처럼 사라지지 않는다. 냄새는 존재감을 드러냄으로써 그 냄새의 소유자를 되살려준다. 남자는 아내가 남기고 간 스타킹을 들고 냄새를 맡는다. 체취를 통해 아내를 되살려낸다. 종국엔 아내의 냄새로 자신을 덮음으로써 겹쳐진다.

거울 속의 내 얼굴은 완전히 다르게 변해버렸지만 그걸 바라보는 기분은 우울하기만 하다. 그나마 조금씩 기억나던 아내의 체취는 변질된 마스카라의 냄새에 묻혀버렸다. 나는 화장대 위의 로션이며 스킨이며 크림 따위를 되는대로 덜어내어 온몸에 바르기 시작한다. 익숙한 것도 같고 아닌 것도 같은 향기가 온몸에 얼룩진다.
나는 서둘러 욕실로 들어가 샴푸며 컨디셔너며 바디클렌저 따위를 욕조 속에 마구 쏟아붓는다. 익숙한 것도 같고 아닌 것도 같은 향기가 물속으로 번져간다. 검게 검게 화

장을 한 나는, 온몸이 향기로 얼룩진 나는, 그 물 속에 천
천히 몸을 담근다. 물은 어느새 미지근하게 식어 있다.
(…) 나는, 비로소 온몸의 감각이 다시 깨어나는 것을 느
낀다. 나는 무언가를 되살려내기 위해 집중하고 또 집중한
다. 오래도록, 아주 오래도록.　　　　　　　　ー「마스카라」

　　타인이 되어보는 경험은, 상대를 이해하는 지름길이다.
남자는 사라져가는 아내의 냄새를 뒤집어씀으로써 그녀가
느꼈던 것들을 겪어보려 한다. 그로써 자신이 놓친 것을
되살리고자 한다.
　　고은주는 부부관계를 표본으로 생의 방식을 탐구한다.
어떻게 사람답게 살고, 어떻게 나답게 살 수 있을까? 어떻
게 타인과 관계 맺을 것인가. 외면은 자기기만을 낳고, 감
각의 마비는 생生의 생생함마저 앗아간다. 작가는 메스를
들고 겉으로 드러난 것의 '속'을 발라내고 가면을 벗긴다.
화장을 지우고 민낯을 보게 한다. 마비된 감각을 깨우기
위해 악취를 맡게 하고, 어둠 속에서 끄집어내 고통스러운
장면과 대면시킨다. 다시 태어나기 위해 산고를 다시, 치
러야 한다.

254

"그동안 터널 속에서 지냈잖아요. 이제 밖으로 나갈 일만 남았어요."

그녀의 시간이 조심스레 나의 시간과 포개지고 있다. 오래 도록 고여 있던 내 삶이 다시 흘러가는 것이 느껴진다. 불현듯이. ―「불현듯이」

다시 살려면 살기 위해 버렸던 것들은, 되살려야 한다. 과거든 감각이든 자신이든. 어두운 산도를 통과하는 고통을 다시 겪더라도. 고은주의 소설은 우리에게 달아나지 말고, 무뎌지지 말고, 기만하지 말라고 요구한다. 생생生生하게 살라 한다.

시나몬 스틱

초판 1쇄 인쇄일 • 2018년 9월 5일
초판 1쇄 발행일 • 2018년 9월 10일

지은이 • 고은주
펴낸이 • 임성규
펴낸곳 • 문이당

등록 • 1988. 11. 5. 제 1-832호
주소 • 서울시 성북구 동소문로 65-2 삼송빌딩 5층
전화 • 928-8741~3(영) 927-4990~2(편)
팩스 • 925-5406

전자우편 munidang88@naver.com

ISBN 978-89-7456-514-5 03810

값은 뒤표지에 표시되어 있습니다.

이 책은 서울문화재단 '2016년 문학창작집 발간지원사업'의 지원을 받아 발간되었습니다.